EL SECRET
DE LA MOIXERNERA

L'odissea
34

PEP COLL

EL SECRET DE LA MOIXERNERA

Editorial Empúries
BARCELONA

Primera edició: març de 1988
Segona edició: novembre de 1988
Tercera edició: octubre de 1989
Quarta edició: setembre de 1990
Cinquena edició: octubre de 1991
Sisena edició: juliol de 1993
Setena edició: maig de 1995
Vuitena edició: febrer de 1996
Novena edició: maig de 1999

Drets exclusius d'edició:
Editorial Empúries, S.A., Peu de la Creu, 4, 08001 Barcelona
www.empuries.com
correu@grup62.com

Imprès a Novagràfik s.l., Puigcerdà 127, 08019 Barcelona
DIPÒSIT LEGAL: B. 23.937-1999
ISBN: 84-7596-151-7

Al Xavier de Viu i al Cisco de Salàs,
entusiastes cirineus d'aquestes pàgines.

No es pot escriure sobre un lloc,
si no és el sol d'aquest mateix lloc
el que asseca les pàgines.

ARXIDUC LLUÍS SALVADOR

I

N'HI HAURÀ prou de dir-vos, per ara, que sóc l'Amat Escrivà, però al poble tothom em coneix pel Xic de la Tonya. Tinc vint anys i no compliré els vint-i-un perquè, a tot estirar, em queden un parell de dies de vida. ¿Coneixeu el cas de les ovelles atrapades en una borda, perquè se'ls ha ajustat la porta i no la saben obrir des de dins? ¿O la situació desesperada del moixonet enxampat a la llosella?... Val més, però, que no corri tant i vagi al gra, perquè, si començo a ficar cullerada en altres històries, no tindré temps d'explicar-vos la meua, que és, al cap i la fi, allò que m'interessa.

Per trencar el gel, començaré per presentar-vos la meua família. Els meus pares són el Ton i la Maria. El pare és l'hereu de Ca la Tonya de Malpui i des dels temps de Mariacastanya tots els hereus d'aquesta casa duen el mateix nom de pila. La gent del poble, per no fer-se un embolic, empra diverses formes del mateix nom. Al padrí, li diuen Tonyo, a mon pare Ton i mon germà gran és el Tonet.

Diuen les males llengües del poble que els meus progenitors es van casar d'una forma ben galdosa. Resulta que quan el meu pare tenia l'edat de formar una família, els de casa van encomanar a l'ermità d'Erboló que li trobés una mossa endreçada, neta i treballadora de la muntanya. Per la fira de la Pobleta, aquell bon home els presentà el Peraire de Tornafort, el qual anava acompanyat d'una filla com un pom de flors. Els joves se saludaren i van anar a donar un tomb pel Firal per fer coneixença. Al cap de mitja hora, van tornar tot decidits i engrescats.

—Ens agradem i ens volem casar el mes que ve —digué la xicota.

El que no sabia el jove Ton és que aquella mossa ja estava compromesa amb l'hereu de Casó de Montiberri, el qual tenia millor argenda que la Tonya de Malpui. Una setmana més tard, tots dos tonyos s'arrenquen cap a Tornafort per fer els tractes dels capítols. Llavors el futur sogre li mostrà l'altra filla, la Maria, la qual en comparació de sa germana (no sé si m'està bé de posar-ho) diuen que semblava un estaquirot. El pare es donava a tots els dimonis:

—No em feu beure amb una orella de ruc! Aquesta no és la xicota que vau dur a la fira!

—Doncs és clar que l'és, home! Que no veus que porta el mateix vestit? No en tinc pas cap altra jo, de filla! —jurava el Peraire.

Per acabar-ho d'adobar, la meua mare no tenia ni una dent a la boca, perquè ja de grandeta, un matxo guit les hi havia fet saltar totes d'una coça.

—Mira, xicot —insistí el Peraire en to conciliador—, si el que et preocupa són les dents, no t'amoïnis, que d'això ja ens n'encarreguem nosaltres. Et prometo que te la donarem dentada, la xicota!

Els tonyos dubtaven.

—Què fem, pare? —consultà el jove, que sempre ha estat un cagadubtes.

—Fes el que vulguis, però pensa que ara ja hem perdut un dia de feina!

Finalment el jove de la Tonya es decidí a fer el gran pas de la seua vida. (I de la meua també, és clar.)

—Teniu raó, pare. Ara ja hem fet el viatge!

I enllestiren els capítols.

Què us en sembla de l'ensarronada? Veritat que és ben bé allò que se'n diu un cas com un cabàs? Al meu entendre, però, es tracta d'una mentida com un campanar, d'una falòrnia inventada per algun veí envejós. Se n'han arribat a explicar tantes, de facècies sobre Ca la Tonya, que sembla estrany que la gent de Malpui pugui tenir tanta imaginació. I tanta enveja. En fi, quan d'ací a unes pàgines conegueu millor la gent d'aquest poble, no hi ha dubte que estareu d'acord amb mi. Per altra part, personalment, ma mare, no l'he trobada mai tan lletja com diuen. És clar que s'ha de reconèixer que tieta Rosa sempre ha fet molt goig.

Quan vaig venir al món, un dia d'octubre de l'any 1902, feia tot just dos anys que la fil·loxera havia arrasat totes les vinyes de Malpui i de la vall de la Comella. Aquella tarda, tan important per al protagonista d'aquest llibre, el pare i el padrí eren al tros de la Colomina arrencant els ceps morts i plantant olivers. (El padrí no va voler replantar mai amb vinya americana perquè desconfiava que un cep bord, després, pogués ser empeltat i donar fruit.) Quan mon germà, que ja tenia quatre anyets i saltava com un cabrit, arribà al tros amb la notícia, el meu pare, tot eixugant-se la suor del front, exclamà:

—Un nen? Ja tenim el pastor!

El padrí, en canvi, va pronunciar una famosa frase que després va fer esquella per tot Malpui i part de la comarca:

—Un altre a passar gana!

I el meu germà no va dir res, perquè en aquell moment no se li ocorregué cap frase realment històrica. Un germanet no li feia gaire gràcia i, a més, estava rebentat de la carrera que acabava de fer. Així doncs, se n'anà a l'ombra a fer un traguet de vi que, per cert, era més aigualit que el porró de la Quelona, perquè ja feia dues temporades que a casa no havien veremat. Després de fer un xerric ben llarg, el plançó de Ca la Tonya seguí assegut a l'ombra del noguer i, tot mirant com els tonyos suaven la cansalada, va pensar: «No sé per què tenen tanta fal·lera de plantar olivers, si ells ja no hi podran collir olives! Quan sigui gran, tindré el millor oliverar de Malpui».

Abans que el Tonet i que l'Amat, els hereus de la Tonya havien tingut dos fillets, però tots dos havien mort. El primer era una nena i, pobreta, no va tenir força ni per plorar. En acabar de néixer ja va tòrcer el coll, molla encara com un moixonet que acaba de sortir de l'ou. Ma mare afegia, sempre que ens ho explicava, que «havien tingut temps de fer-li el senyal de la creu». El segon germanet era un nen i, quan a casa ja els semblava que el tenien esquerat i s'havien fet la il·lusió que fóra l'hereu, se'n va pujar al cel com un angelet. Era una tarda xafogosa d'estiu i aquell mateix any mon oncle Claudi moria de les febres a la guerra de Cuba.

Per Malpui corria la brama que tantes morts només podien ser obra de les bruixes. I com que el meu germanet des que el portaren a batejar no havia fet res més de bo, van començar a dir que teníem embruixada l'escala del carrer. A casa es van creure el malefici i, per això, mon germà Tonet, quan el van haver de treure per batejar-lo, el van davallar pel balcó lligat dins d'un cabasset. Com que després va sobreviure, amb mi van fer el mateix. D'aquesta forma, em vaig poder escapar llavors del poder malèfic de les fetilleres. Durant els primers anys de vida, em posaven un plat d'ous a sota el llit, perquè, si de cas em donaven mal, l'embruixament se n'aniria als ous. I prou que em vaig lliurar d'una i bona, perquè un matí, quan la padrina va tirar la sal als ous ferrats, aquests van sortir volant xemeneia amunt amb uns renecs i sacarions que feien eriçar els cabells. El xic de la Tonya, però, en realitat no l'havien de matar les bruixes, sinó els moixernons, com ja anireu veient.

El primer record de la meua infantesa és precisament el gust d'una truita de moixernons. Aquells trossets d'una carn llefiscosa i sense ossos i aquella oloreta de farina fresca acabada de moldre, em devien robar l'enteniment i la llengua, perquè llavors vaig balbucejar les meues primeres paraules:

—Xina memons...!

Els de casa les van escoltar com si sentissin ploure i es pensaven que havia dit:

—Els trobo molt bons!

El qui ara us parla, però, volia dir moltes més coses:

—Poseu-me més xixina, que m'agrada molt!

Tant li fa, per això, que m'haguessin entès com que no, perquè mon germà, que sempre ha tingut una fam de cadell, ja se sucava la plata amb un tinyol de pa. Recordo com si fos avui que mon padrí em prometé llavors:

—Quan siguis gran, t'ensenyaré la moixernera!

Conservo ara imatges molt borroses de quan era xic, abans que a casa em fessin guardar cabres. Al poble, els nens de la meua telerada no érem gaires més d'una dotzena. Dic «nens» perquè les nenes sempre feien colla a part. Encara teníem la closca al cul i a casa ja ens manaven algunes carallades: anar a dur dinar al tros, abeurar la ruca, anar a la font a buscar un sellonet d'aigua... Quan no ens manaven feina, procuràvem esconillar-nos i anar pel nostre compte. Ens esplaiàvem amb tota mena de jocs i entreteniments. Uns jocs, però, que no tenien cap norma ni estructura i, vistos des d'ara, em semblen cruels i primitius. Almenys eren molt diferents dels jocs que feien la canalla de Sant Roc, un poble veí on tenen mestre i escola. Mossèn Serafí, el rector de Malpui, havia comentat alguna vegada:

—En aquest poble, la canalla encara juga com els salvatgets de l'Àfrica.

Teníem la dèria d'empaitar i de caçar tot animaló que es mogués. Quan l'atrapàvem, pobra bèstia, li fèiem veure la padrina.

Sargantanes i moixons eren les nostres joguines preferides.

Sangardilla, sangardall,
treu el cap pel finestrall,
que ton pare està penjat
a les portes de Mallart!

Cantussejàvem aquesta formuleta dotzenes de vegades, fins que un capet triangular apareixia tímidament pel forat. Es veu que la bestiola, ja sigui perquè es cregués el que li dèiem, ja sigui perquè estava farta de sentir-nos baladrejar, el cas és que finalment decidia sortir del seu amagatall. Per enxampar-la, ens calia fer córrer les mans amb habilitat, procurant sobretot que l'animaló no se'ns encaués de nou. Quan ja en teníem unes quantes a la botella, jugàvem «al martiri de Sant Esteve».

Triàvem una era o un camp pla i ens col·locàvem dibuixant un ampli cercle. Cadascú s'arreplegava les seues municions i es feia un tarteret de pedres al costat. Llavors era el moment esperat de deixar l'ampolla, tombada i sense tap, al mig de la rodona.

Moments després, una sargantana gargotejava el terra, cercant desesperadament un aixopluc. Els rocs li rebotaven per tots costats i la bestiola corria enfollida sense saber per on escapolir-se. N'hi havia que no se sentien de la mort, altres quedaven mig esclafades amb les potetes tremolant. Si les escuàvem, la cua bategava encara desmanegadament una estoneta. És una part del cos que tarda molt de morir-se'ls.

A vegades, en començar el joc, una pedra trencava l'ampolla. Llavors no teníem prou ulls per apuntar, ni mans per tirar pedres. Era com un deliri, el deliri de víctimes i de botxins.

Quan caçàvem un moixonet, li fèiem fer «xip-xap» a les basses. Posàvem la bestiola sobre l'aigua en una vora del toll i la deixàvem anar. En un primer moment, l'ocell maldava per enlairar-se des de l'aigua. En veure que no hi havia manera de sortir-se'n, s'esforçava, ales i potes ajudeu-me, per arribar nedant a l'altre costat.

Quan ja gairebé ho havia aconseguit, un de nosaltres el girava altre cop de costat, fent així inútil tot el seu esforç. I així fins que el moixonet, rendit de tant aletejar, s'aturava al mig del toll, obria un bequerró com unes pinces i s'ofegava resignat. Hi havia vegades que, en el darrer moment, el salvàvem i el trèiem de l'aigua, però era només perquè recuperés l'alè. Al cap d'una mica, ja tornàvem a ser tots repenjats a la bassa, amb el moixonet al mig, aletejant amb deler cap a la mort.

Les migdiades de l'estiu, quan els grans dormien perquè s'havien llevat a punta de dia, per segar i traginar garbes, els nens de Malpui teníem un parell d'hores ben nostres. Tot just si la mare havia tingut temps de desparar la taula, que, amb el menjar a la boca, ja saltàvem l'escala i ens perdíem pels carrers del poble. Ens allunyàvem de Malpui amb un sol que estavellava i solíem fer cap a l'ombra d'un alzinar que nosaltres en dèiem el Bosquet. No corria ni un alè d'aire i al defora tot era una cantadissa de cigales.

Pel camí havíem passat per la font de Beu-i-tanca i, encara que només tinguéssim set de moixó, ens havíem fet un panxot d'aigua com les granotes. Poc després, a l'ombra acollidora de les alzines, ens venien unes ganes urgents de canviar l'aigua al pardal. Era el moment per començar el joc de la «pixera». Fèiem una ratlla al terra amb una estaca i col·locàvem una llosa a deu passes o més de distància. El més xic de la colla es plantava a l'altre costat de la ratlla i intentava mullar la llosa, ni que només fos amb unes gotes d'orins. Després, d'un en un, hi anàvem passant tots. Ens descordàvem els pantalons, trèiem el pardalet a prendre la fresca i li premíem el bec amb els dits, tot taponant-li la sortida. La titola se'ns inflava com un bot de vi, semblava que d'un moment a l'altre hagués de fer un pet com una gla. Llavors calia donar un bon cop de cul endavant i, al mateix temps, afluixar una mica els dits. Els orins sortien projectats cap a fora de forma intermitent, intentant inútilment d'arribar fins a la llosa. Finalment, li tocava el torn al Nasi del Poblador, el qual amb un somriure mofeta, es palplantava darrera la línia. Al primer cop de cul ja deixava la llosa ben ruixada. Després es girava cap a nosaltres i ens compixava a tots, trencant-se de riure. El Nasi era el nostre cap de colla indiscutible, li dèiem Titagrossa i a l'hora de decidir qualsevol joc o aventura era sempre ell qui, al capdavall, tallava el bacallà.

Teníem la fal·lera d'enfilar-nos pels arbres com esquirolets. Des de fora, totes les alzines són iguals: fosques i arrodonides com una bromota d'estiu. Però un cop has pujat a l'enforcadura de la soca, t'adones de seguida que cada alzina és un món desconegut amb un bé de Déu de camals i branques que s'enlairen fins al cel. No hi havia niu, per més alt que fos, que no caigués a l'abast destructor dels nostres dits. Sabíem tots els arbres fruiters del terme, i les cireres encara no havien verolat que ja ens baixaven coll avall.

—No sé pas d'on dimonis han sortit aquesta pesta de canalla! Semblen ocellots! —deia la mare.

—Són més dolents que la tinya que mata les cabres! —feia la padrina. I afegia—: Quan seran grans faran tancar portes!

Allò que més ens agradava d'un arbre era que fos bo per a poder-hi fer «clec-clec». Triàvem una branca que passés travessera, com més alta fos millor, ens fèiem baixar els pantalonets i ens escagassàvem des de dalt com les garses. «Paf! paf!», feien els cagallons en topar contra el terra i ens feia gràcia de veure que quedessin tan plans i arrodonits com les buines dels bous.

L'accident del Bep del Cabirol va fer que la nostra dèria pels arbres acabés com el rosari de l'aurora. El Bep era un parell d'anys més xic, però el deixàvem venir amb la nostra colla. Una tarda, per fer el valent, ens digué que ell era capaç de fer «clec-clec» des dels caps d'un clop. Nosaltres prou que li advertíem que no ho provés, que el clop no era un arbre gaire bo perquè no té branques planes i, a més a més, aquestes no són gaire resistents. Però ell, tant sí com no, va voler sortir-se amb la seua i s'embrancà tronc amunt. Quan ja era dalt de tot i ens ensenyava un culet de porcell, se li va esquinçar la branca. Va caure rebotat tronc avall i s'obrí el cap vora mateix de la soca. Brut i ensagnat, com un porc degollat sobre un pedrís, abans de morir encara tingué esma per mormolar:

—Si ho saben a casa, el meu pare em matarà!

I prou que ho vam pagar ben car tots plegats, sobretot jo, perquè, des d'aquella tarda, cada migdiada em tancaven a casa amb pany i clau. El Bep fou el primer mort que vaig veure i la mare em començà a dir una cosa, que m'ha repetit després moltes vegades, com la cançó de l'enfadós:

—Ja ets massa gran per fer aquestes coses, home!

Ara, que ja fa anys que m'afaito, a vegades encara m'ho diu.

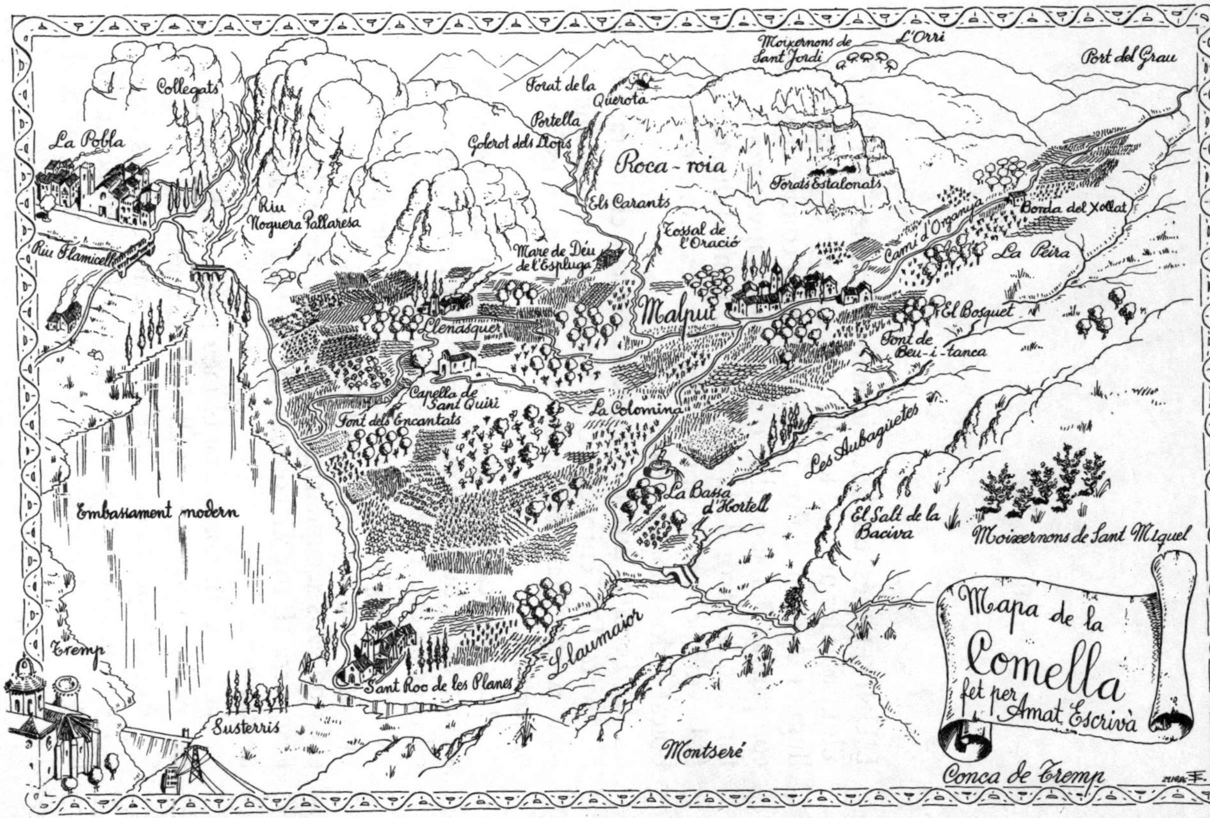
Mapa de la Comella fet per Amat Escrivà
Port del Grau
L'Orri
Moixernons de Sant Jordi
Forat de la Querota
Portella
Golerot dels Llops
Collegats
La Pobla
Roca-roia
Forats Estalonats
Borda del Xollat
Camí d'Organyà
La Peira
Els Carants
Tossal de l'Oració
Riu Noguera Pallaresa
Riu Flamicell
Mare de Déu de l'Espluga
Malpuit
Clenasquer
El Bosquet
Font de Beu-i-tanca
Capella de Sant Quiri
Font dels Encantats
La Colomina
Les Aubaguetes
La Bassa d'Hortell
El Salt de la Baciva
Moixernons de Sant Miquel
Embassament modern
Llaumaior
Sant Roc de les Planes
Tremp
Susterris
Montseré
Conca de Tremp

II

L'UNIVERS és un bosc immens d'alzines solitàries i allunyades les unes de les altres, que de nit es fan pampallugues. A trenc d'alba, cada arbre pren comiat dels seus companys. Diu «bon dia» o bé «fins al capvespre» i s'esfuma en la claror de la matinada. Durant el dia, cadascú fa la vida pel seu compte. Cada arbre és un món a part, bolcat i clos sobre si mateix.

La Terra és una alzina que ha crescut en un racó de l'Univers. De l'enforcadura del tronc arrenquen cinc camals continentals, els quals es ramifiquen en estats, en nacions...

La comarca del Pallars és una fulla d'aquest arbre, arrelat en el buit de l'espai, que gira i gira sense parar talment un esperitat. La meua comarca té la forma d'una fulla d'alzina girada al revés. El riu Noguera és el nervi principal que la travessa pel bell mig, de cap a cap. Una colla de valls secundàries hi aflueixen per la dreta i per l'esquerra. I tot el contorn de la fulla és arrissat de muntanyes.

Ja us he dit abans que el meu poble es diu Malpui i que es troba situat a la vall de la Comella.

Aquesta petita conca aboca les seues escasses aigües al riu Noguera, per la vora esquerra. La confluència del barranc de la Comella, conegut per Llaumaior, amb el gran riu del Pallars, es produeix poc després que la Noguera surti de la gorja de Collegats. Llavors travessa mandrosament la Comella i la Conca de Tremp, i s'entafora de nou als Terradets. (Us parlo d'abans de fer l'embassament, és clar.) Llaumaior dibuixa doncs una petita vall, orientada de llevant a ponent, la qual recull les aigües de la pluja i d'alguna tímida fonteta, que s'escolen des del port del Grau, als límits ja de la Vall del Segre. A la banda obaga de Llaumaior, només hi ha boscos de pi i de rebolls. Són les canals i comes de les Aubaguetes, ombrívoles però seques, que davallen de Montseré. En canvi, a la part de la solana, s'hi arreceren els poblets de Malpui, Llenasquer i Sant Roc de les Planes.

Els dos primers llogarrets es troben arrecerats sota Roca-roia, una gran penya allargada i vermellosa que tanca la Comella per tramuntana i els protegeix del vent de port. Ambdós són poblets de secà i massa sovint la manca d'aigua els les fa passar molt magres. En canvi Sant Roc, situat més avall, disposa d'una horta ufanosa i de trossos amples i plans que cauen molt bé de conrear.

Les famoses «Cobles del Peirot», dictades per mossèn Vidal d'Arcabell a mitjans de la passada centúria, dediquen una cobla sencera a cantar el dejuni i abstinència de tots tres pobles. (No sé per què, aquesta estrofa no figura en la versió oficial de les «Cobles», que venen al Santuari de Sant Joan de l'Erm.)

Peirot baixa a la Comella
i se'n va cap a Sant Roc,
els demana cansalada;
diuen que no maten porc.
A Malpui i Llenasquer,
la digo, digo, digo.

A Malpui i Llenasquer,
fan quaresma l'any sencer.

Com veieu, l'inefable Peirot, rei i missatger de la misèria per tots els poblets de muntanya, en aquell temps es trobava entre nosaltres com a casa seua.

A l'altre costat de la Noguera, la vila de la Pobla (la Pobla de Segur, com en diuen als mapes) és la capital comercial de la Comella i d'altres poblets a banda i banda del riu. Si us escunceu de passar-hi un dimecres qualsevol de l'any, no us estranyeu de veure-hi un formigueig de rucs amb cartres i de dones amb senalles. És el dia del mercat i hi trobareu de tot per dar i per vendre.

I bé, així doncs la Comella és un petit triangle de país limitat per Roca-roia, la muntanya de Montseré i la Noguera. No us escarrasseu de localitzar-la en cap mapa, almenys dels que s'han fet fins ara, perquè els nostres estudiosos, preocupats per territoris més rics i poblats, hi han passat sempre de llarg. Si tinc temps i les forces m'aguanten fins a la darrera pàgina, us prometo que quan acabi d'explicar-vos la meua història, us dibuixaré un plànol de la Comella. Comprenc que amb tants noms de lloc us podríeu fer un embolic i prendre la a per la be.

Enlairat sobre un petit turonet, però a la vegada arrecerat al peu mateix de la majestuosa Roca-roia, es troba el poblet de Malpui. Segons els més vells, les distàncies del poble a altres indrets més importants dels nostres mapes són les següents: Malpui cau a dues hores de Tremp, a vint de la ratlla de França, a trenta del mar (pel Camp de Tarragona), a trenta-quatre de Barcelona i a noranta de Madrid.

El nombre de veïns no supera el centenar i, sempre segons els més vells, ha augmentat molt des del seu record. Els cabalers es casaven al poble, s'hi construïen la casa nova i feien una boïga allí on trobaven un trossot de terra erma. Avui en tot el terme, ja no trobaríeu, ni per mal de morir, un pam de terra menat per Sant Joan de l'Erm. El meu padrí havia sentit explicar que antigament Malpui tenia només una dotzena de cases i que a la nit tancaven el poble i no podia entrar ni sortir ningú. De totes formes, en aquests darrers anys un parell de cases se n'han anat a Can Pistraus. Cal Janotet i Ca l'Aubac han venut les terres i se n'han anat a viure a França. Totes dues famílies tenien una argenda que no valia una escopinada i només els faltava, per acabar-ho d'adobar, que la fil·loxera els corsequés les vinyes.

Les vint cases actuals del poble es toquen les unes amb les altres, com si així s'ajudessin mútuament a aguantar-se dretes. Aquesta germanor, però, només és cosa de les parets, ja que molt sovint els habitants d'una casa no es parlen amb els veïns del costat. En tot cas, la major part dels edificis es donen la mà, ben afilerats en tres carrerons que surten a la plaça: el carrer de les Eres, el carrer de Missa i el carrer del Sac. A la vintena de famílies, afegiu-hi el forn de pa, el molí d'oli, la font i el safareig, i l'església parroquial. Si no m'he deixat al tinter cap altra carallada, ja teniu el poble sencer. Probablement, hi trobareu a faltar un molí de farina. I prou que l'hem de menester, però diuen que, sense un raig d'aigua que faci girar la roda, no es pot construir. Així que, cada dos o tres mesos, tant si et plau com si et pesa, has de carregar un parell de costals de blat a cada animal i portar-los a moldre a Sant Roc o a la Pobla... Tot plegat, el poblet de Malpui, vist des de qualsevol indret de l'altre costat de riu, sembla un tarter de pedres que s'han esllavissat de la penya.

Ca la Tonya és al rovell de l'ou del poble. Té l'entrada principal pel carrer de Missa i una altra de més petita pel carrer de les Eres. Per dins, casa nostra no és gaire diferent de les altres del poble. A peu pla del carrer hi trobareu l'entrada, espaiosa i empedrada del terra, amb el corral dels porcs, el rebost i el cambrot de les eines. Una escalota fosca davalla al celler, amb la seua frescor rellent i l'obscuritat, que sempre et fa basarda. Sota la volta de pedra, s'hi arrengleren dues voluminoses tones i una colla de barrilets, negres i rabassuts. Així juntets semblen «la família dels panxuts». Ja us podeu imaginar, però, que des de la fil·loxera tant pares com fills tenen la panxa plena d'aire. (O de dimonis, com em deia mon germà per espantar-me quan jo encara era petit.)

Si pugeu al primer pis, donareu a la sala, allargada i lluminosa, amb la taula de menjar i els bancs, amb l'armari de vidre en un racó. Des d'ací, una porta dóna accés al foc. Aquest és un recinte reduït i afumat, que descobriria a ulls clucs, per l'olor amarga de l'estalzí. A l'hivern, aquests bancs de fusta es fan tan acollidors! Al costat del foc, hi tenim la recuina, separada només d'aquest per una antosta de fusta. Aquest fosc recambró de l'aigüera està sempre atapeït de calders, cassoles i tota mena d'atuells de cuina. Per una altra porta de la sala podeu entrar a la comuna de fer caca. No hi ha gran cosa més que una mena de pedrís de fusta amb un forat rodó, que dóna directament al corral dels porcs. Abans de fer les teues feines, has de vigilar que l'animal no s'hagi ajagut sota el forat.

—Compte, fillet, no empastifis el porc! —em recomanava sovint la padrina quan m'hi veia entrar de xic.

De totes formes, a Ca la Tonya n'estem tots molt

orgullosos de la nostra cagadora. Al poble, només hi ha dues cases més que en tenen: el Batllevell i la Rectoria.

Si encara teniu més ganes de tafanejar i voleu treure el nas al pis de dalt, veureu un llarg passadís amb les portes de les habitacions: la dels padrins, la de la canalla i la dels pares. Si seguiu fins al fons del corredor, sortireu a l'eixida. Recolzats sobre la balconada de ferro, sempre farcida de pinyes de blat de moro, us trobareu sense esperar-vos-ho, amb el sol del carrer de les Eres. Just a l'altre costat del carrer hi tenim l'era, amb els corrals de les bèsties, la volatam i els pallers.

La història del poble té molt a veure amb Roca-roia, aquesta tossa de pedra allargassada que sembla covar-lo com una lloca. No us la imagineu pas, la Roca, com una paret rogenca de pedra massissa. En realitat aquesta és tota corcada d'esplugues i solcada de lleixes de vegetació, inaccessibles a bèsties i persones, conegudes pel nom de «feixancs». Si la contempleu des de lluny, us xocarà la combinació de tres colors: el roig dels aixoplucs, el verd fosc dels feixancs i el gris blavós de la roca.

Sabeu d'on li ve aquest nom de «Malpui»?

Doncs resulta que, en temps dels moros, els cristians vivien a l'espluga dita de Forats Estalonats. Els sarraïns, en canvi, ocupaven el poble i els millors trossos del terme. Ambdós pobles, els de damunt i els de davall, estaven sempre a mata-degolla i s'enfrontaven a cops de roc. Dia per altre s'esbatussaven i els de dalt despenyaven unes pedrasses com moltons, amb uns patim-patampatum, que feia l'efecte que la Roca sencera s'hagués d'ensulsiar.

Un dia el capità dels cristians, en un moment de calma, preguntà als de baix, per entretenir-los:

—¿Com en dieu, morots del dimoni, d'aquest poble de mala mort?

En aquell moment, començaren a estimbar una pluja de pigals costes avall. Una de les pedres va ferir un moro, el qual maleí:

—Malp...

No va poder acabar de dir «malparits», perquè va fer l'ànec en un batre d'ulls.

—Ui, ui, ui!... —somicaven uns altres, mig escorronats per aquella sorprenent pedregada.

Els cristians des de l'espluga van entendre «Malpui, ui, ui...». I des de llavors es diu així.

No sé si és per aquesta anècdota o per altres de semblants, que els pobles veïns ens diuen en to burleta:

De Malpui,
el moro en fui.

És clar que nosaltres tampoc no ens mosseguem la llengua. Si el que ens ho ha dit és de Sant Roc, li contestem:

Déu nos guard de foc
i de gent de Sant Roc!

A Llenasquer són més pobres que les rates. Tenen tot el peu de la Roca paredat de bancalissots de vinya, tan estrets que un ruc no hi podria donar la volta. En lloc de trossos de conreu, semblen uns esglaons per pujar a la penya. Per això, la gent de la Comella, els en fem befa i els apliquem el nomarrot de «saltabancals» i tot seguit els endinyem aquest consell:

Si vas a Llenasquer,
esmorza primer.

Tots aquests nyic-i-nyacs, però, no solen anar més lluny dels llavis i la sang no arriba mai a la Noguera. Suposo que deuen servir perquè així, vulgues no vulgues, cadascú se sent més arrelat al seu poble nadiu.

Aquestes picabaralles s'obliden almenys un cop l'any, per la festa de la Mare de Déu de l'Espluga, patrona de la Comella. La capella guarda una imatge molt antiga de la Verge i està construïda dins d'una espluga, al peu mateix de la Roca, entre Llenasquer i Malpui. L'ermita no té teulada, ni li'n cal, perquè és tota dins la cova i només una paret exterior la protegeix de la intempèrie, del vent i del sol. La capella tampoc no té porta, perquè la Mare de Déu de l'Espluga no vol estar tancada. Aquest és segurament el seu miracle més curiós. Conten que a vegades han vingut paletes molt famosos a encaixar-li una porta, perquè no li entrin les feres. Doncs bé, així que se'n tornen cap a casa, senten el terrabastall de la porta que cau costes avall.

Una estrofa dels goigs fa referència a aquesta particularitat i atribueix el prodigi a l'afany guardià i una mica tafaner de la nostra protectora Patrona:

Des del peu d'aquesta Roca,
Vós sempre esteu a l'aguait
vigilant des d'un forat
els camps, les vinyes i l'horta.
Si us hi aparien una porta
la feu caure de batzac.

El dia de la Mare de Déu de setembre, els tres pobles pugen en processó a l'ermita de l'Espluga. És el primer dia de la Festa Major de Malpui, i després a la tarda, hi ha ball i sarau a la plaça. Si és un any de molta secada, l'aplec adquireix una devoció especial. Llavors el cant dels gojos esdevé un clam fervorós i a la vegada commovedor:

Malpui, Llenasquer i Sant Roc
us han pres per advocada
i una festa us han votada
i han pujat en processó.
Atureu la pedregada
i envieu-nos aigua a raig.

Socorreu-nos, Verge Santa,
quan estem assedegats!!

En aquestes situacions d'indigència i calamitat, la fe dels devots de la Comella és tan ferma que molts ja se'n porten el paraigua. I expliquen que, malgrat que aquell matí faci un sol que estavelli les pedres, no han tornat mai al poble d'origen que no l'hagin hagut de fer servir.

En fi, no voldria acabar la descripció de Malpui i de la Comella, sense fer-vos cinc cèntims de les moixerneres del terme, donada la importància que aquests misteriosos bolets tenen en la present història. A les Aubaguetes de Montseré, s'hi fan els moixernons de tardor, dits també de Sant Miquel. Creixen dins de les boixeres, i la moixernera a vegades té més de cinquanta passes de llargada. Uns boixos secs us delaten sovint l'indret exacte del bolets. Si teniu la sort d'ésser els primers d'arribar-hi, després de les tronades de finals d'estiu, n'hi podreu omplir unes quantes cistelles. Aquests moixernons es poden fer grossos com plats de sopa, però cruixen una mica a la boca, com si tinguessin granets d'arena per dins.

A l'altre costat del terme, més amunt de Roca-roia, ja en els englevats de sota mateix de l'Orri, hi surten els moixernons de Sant Jordi, o de primavera. La gent de la Comella en diu també «moixernons de muntanya», perquè només es fan en indrets de prats i de pastures, en les valls muntanyenques de la comarca. A vegades, la moixernera es pot veure des de lluny, perquè fa com una lluna d'herba més fosca, com l'arc de les carreretes. La majoria de camins, però, els bolets poden ser a qualsevol indret i has d'anar palpant l'herba i fer una vista de gat, si no te'n vols tornar cap a casa més buit que les alforges del Peirot. Els moixernons de muntanya no solen fer-se gaire grossos i són més arrodonits que els de tardor. El sabor, però, és tan deliciós i seductor que és capaç de fer perdre l'oremus al mateix Pare Sant de Roma.

III

COM us he dit abans, quan jo era petit, a Malpui no hi havia mestre ni escola. Alguns nens, generalment de les cases més bones, com el Batllevell i Perutxo, anaven a estudi a Sant Roc. La resta de canalla seguíem la mateixa escola dels nostres pares i padrins. Com deien alguns, nosaltres anàvem a «l'estudi de Porquilanyes». No cal dir que a casa meua no estaven per orgues ni lletres.

—De lletra, a Ca la Tonya no n'hem sabut mai i no ens ha pas ensarronat mai ningú en comptar diners! —feia el padrí.

El meu germà anava sempre darrera el pare, era com la seua ombra. Als dotze anys ja segava amb volant, als tretze va començar a llaurar amb mules i ara, als catorze, li acabaven de comprar una dalla.

—Amb tres homes a casa, ara sí que amassareu amb força farina! —ens comentaven els veïns, sense poder dissimular l'enveja.

—Déu ens guardi de mal i de poca salut! —contestava la mare. I, si insistien, els engegava a pastar fang.

I jo no tenia gaire més de deu anyets quan, un bon dia, a la sortida de l'hivern, em van comprar un escamotet de cabres.

—No pots pas estar sempre bandolejant pels carrers!

Ja t'ha caigut el groc del bec i és hora de guanyar-se els fesols! —m'havia advertit uns dies abans la padrina.

A mi, aquests animals m'agradaven prou, almenys em feien més el pes que les ovelles. I això que la gent en diu pestes, de les cabres. Que si es relacionen amb les bruixes, que si tenen arrels de boig, que si per la seua culpa duen la cua curta i que pels seus pecats porten els genolls pelats. Podeu estar segurs, però, que tot això són falòrnies sense cap ni peus. Us ho diu un cabrer que ha estat quatre anys amb aquest bestiar de pèl. Les ovelles són un bestiarot tossut i aborregat. Allí on va la primera del ramat, segueixen, a ulls clucs, totes les altres, sense saber on van. A vegades, un ramat de més de cent caps perseguit per un llop o per un gos assalvatjat, ha saltat tot sencer per un cingle. D'això, amb les cabres no en cal tenir por, són més espavilades i cada una vol anar a la seua i es malfia de les companyes. Segurament em plau tant aquest bestiar perquè la cabra és un animal solitari, independent i àgil per les roques, una mica com jo era llavors.

Cada matí agafava el morralet amb la berena per a tot el dia i feia, poc ençà poc enllà, la mateixa girada. De primer, ens entreteníem per les costes de l'Espluga i després, a mig matí, enfilàvem el corriol de la Roca. Procurava no trencar-los mai la girada, perquè no se'm carreguessin de tinya, com la cabrada del Xollat.

Tinc encara els narius plens d'aquella olor dolça i enganxosa del romer, de l'aroma fresca dels timonets i de l'espígol, que et deixa el nas esbandit com un ruixat d'abril. A la primavera, les cabres anaven boges per la jonça, una herba prima i llarga, que sembla la canallona del jonc. Treu unes floretes d'un blau aigualit, xiques però eixorivides, i generoses d'olor com totes les herbes de secà. Les cabres en sentien de nas d'una hora lluny i, quan en trobaven una mata, s'hi afolcaven com les ovelles del Tor d'Alós. No en tenien ni per l'introit.

M'acompanyava un gosset d'atura, un cadellot encara, enjogassat i cridaner. Li dèiem Moret, com tots els gossos que havíem tingut a Ca la Tonya. Com que era tan jove, li vaig haver d'ensenyar a guardar el ramat. Era molt aplicat i cada dia aprenia a fer encàrrecs diferents. Al cap de dos mesos, ja entenia mitja dotzena d'ordres que li manava. «Parla, Moret, parla!», li deia, posem per cas. I ell es posava a lladrar amb totes les seues forces. O bé: «Puja damunt!». I ell anava a ajeure's sobre un marge, i així les cabres ja entenien que no hi podien pujar. Allò que més li costava era d'anar a girar una cabra que s'hagués allunyat del ramat i peixés en un lloc prohibit.

—Vés-hi, Moret, corre! —cridava, tot ensenyant-li la Pigallada, que ja tornava a estar enfilada a l'oliver.

Uns moments després, cabra i gos corrien per aquelles costes donant més voltes que el rull del molí. El pobre Moret se'n veia un bull, però al final sempre se'n sortia. Llavors venia cap a mi, alegre com un cascavell i treient un pam de llengua.

—Molt bé, Moret, però l'has de mossegar a les pernes i així l'escarmentaràs! Que no veus que és més gormanda que les paelles? —i li donava un tros de pa.

I ell, no sé si m'entenia ben bé, però remenava la cua de content. Potser, fins i tot, n'era massa, de diligent i atrevit, i això el va perdre.

Una tarda, dues cabres, la Negreta i la Motxa, es tossaven amb fúria sobre unes roques. Se separaven de recules unes passes, agafaven embranzida i la topada dels caps era ferotge i contundent. El Moret començà a lladrar i, intuint que era una cosa mal feta, em mirava per veure què havia de fer.

—No hi vagis, Moret, que pots rebre! Deixa-les fer, que la sang no arribarà a Malpui.

Ell, però, dubtà uns moments i després corregué com un llamp per migpartir-les. Tot just si hi havia arribat, la Motxa li endinyà una tossada i el precipità al buit del penya-segat. Va caure per un cingle de més de cent pams. Amb tot i amb això, no es va pas matar, perquè devia caure sobre unes mates de reboll. Però encara era pitjor, ja que fóra molt difícil de treure-l'en.

L'endemà, el meu pare, mon germà i jo vam agafar unes cordes i un cabàs i vam tornar a l'indret per on havia caigut. Hi havia pena de la vida i se'ns amurriava el cap. No ens vam veure pas amb cor de baixar-hi.

—No ens juguem la vida per un gossot —digué mon germà.

I ens en tornàrem cap a casa sense obrir la boca, més moixos que un mussol. Atrapat al feixanc, el Moret seguia nyaupint desesperadament, ara més fort que mai.

Va ganyolar una setmana sense parar, i jo sense poder-hi fer res. El meu Moret cridava de gana perquè gastava tanta fam que s'hauria fotut la lluna. Cridava de set i cridant encara se'n feia més. Ja sabeu que els gossos sempre estan assedegats. Però, més que res, el meu Moret em cridava a mi, perquè l'anés a treure d'aquell infern. Els seus lladrucs i udols se sentien per tot el terme i cada dia eren més lànguids, més llastimosos...

—Encara udola el gos de la Tonya! Pobra bestiota, sembla estrany que tingui tanta vida! —deia tothom.

A les nits, jo no podia dormir i el sentia gemegar inútilment sota els estels. Aquells crits se'm van posar al cervell per sempre més i a vegades encara em sembla que el sento. Una nit vaig somiar que volava i anava al seu feixanc a rescatar-lo. En despertar-me, ja no el vaig sentir, ni el sentiria mai més.

Després d'unes setmanes, un matí mentre em distreia fent punteria, vaig veure que les cabres estaven molt neguitoses i que guaitaven esverades cap a una boixera. M'hi vaig acostar i vaig veure un pellingot negre de pèl i ossos. Aquest parrac era el que quedava del Moret! Potser abans de morir s'havia llençat al buit, o potser l'aigua de la pluja l'havia fet caure després. En tot cas, a darrera hora estava fet un sac d'ossos i ni les àligues no se l'havien volgut menjar. Vaig fer un clot al peu d'una savina i el vaig colgar de terra i rocs, mentre galtes avall em relliscaven unes llàgrimes com cigrons. Un grupet de cabres m'observaven sense deixar de mastegar. Estic segur que comprenien tota la meua pena.

A casa m'havien promès que quan cadellés la gossa de Tabola, me'n guardarien un de ben bonic, però jo els vaig dir que no en volia cap més i que ja m'havia acostumat a fer-les creure a cops de roc. I era veritat. Quan m'avorria una mica i enyorava la companyia del Moret, matava el temps jugant a fer punteria.

Agafava una llosa i la plantava a vint passes. Plegava uns quants rocs de terra, rodons i com la meitat del puny i pensava: «Si l'encertes a la primera, la Clapadeta portarà tres cabridets». Així el temps no se'm feia tan llarg i, a més a més, millorava la punteria. Al cap d'uns mesos, hi afinava tant, que a menys de vint-i-cinc passes no m'equivocava més d'un través de dit. Les cabres ho sabien i només d'aixecar el braç fent veure que els tirava un roc ja corrien esverades. Les feia anar rectes com un canó d'escopeta.

Passaven els dies tots iguals, del mateix color. I les

setmanes i els mesos, com un rosari interminable. Fins i tot em semblava que cada any els cabridets que naixien a l'abril eren els mateixos que havíem venut per la tardor a la Pobla. I això que cada temporada em deixaven unes quantes segalles i ja tenia un ramadet que començava a fer patxoca. Des de dalt de la penya, els camins del pla eren el meu calendari. Les rècules de mules i firandants que anaven a Salàs em prometien la primavera; els seminaristes que tornaven de la Seu m'indicaven que ja havia arribat el temps de la sega. En fi, només de veure baixar a la tardor la ramada del Tor d'Alós cap a l'Urgell, ja m'agafaven calfreds i sols pensava en l'hivern. Cada any, tot tornava a ésser el mateix, com si el temps donés voltes a l'entorn d'una gran roda. Sinó que el meu cos sí que canviava. Em sortia pèl moixí a la cara i a les aixelles, la meua pròpia veu se'm feia estranya i braços i cames se m'havien estirat tant que semblava un pallargues. Entre els bels de les cabres, l'olor del romer i la ferum rància del xerri, m'anava fent un home, sense adonar-me'n.

Una tarda vaig sentir que tocaven a morts a baix al poble. Pels dos repicons finals, volia dir que es tractava d'una dona. Des dels turons podia veure com corrien les dones pels carrers i entraven a Ca la Quelona. A bocafoscant, quan vaig tancar el ramat, vaig saber que, efectivament, s'havia mort aquella donota. A darrera hora, la vella havia demanat per mossèn Miquel, el capellà de Llenasquer, i aquest l'havia confessat i li havia administrat l'Extremunció. Des de feia anys, la Quelona no podia veure ni en pintura el capellà de Malpui.

La Quelona vivia sola des que se li va morir l'home, quan encara era jove. No havien tingut canalla i, durant molts anys, ella sola es menà l'argenda, com un homenot. Quan es va fer vella, ens va proposar, als de Ca la Tonya, si li volíem menar la terra a mitges. No és que tingués gran cosa, quatre bancalissots on només creixien brunagues i cards. Però a casa ho van acceptar, perquè, al tros de la Peira, s'hi podia fer un bon bancal de trumfos i per això sol (va dir el padrí) ja valia la pena. Cada any, quan repartíem les patates (dos sacs per a casa i un per a ella), la donota vigilava com un esparver. Recelosa i malpensada, una de les seues màximes era: «Que ni el mocador del cap sàpiga la teua intenció».

Tenia un rucot gris, sec com un clau i ple de penjolls de pèl i de cascarres. Li deia «Quim», com al seu home, i mantenia amb ell llargues converses solitàries. Les relacions amb el Quim havien, però, empitjorat molt darrerament, i no pas per culpa de la Quelona. El ruc s'havia après totes les roques i pedrissos, des d'on la vella acostumava a pujar-li a cavall, de forma que darrerament, així que s'acostava a un d'aquests pujadors, feia una trotadeta fins que se l'havia passat de llarg. Quan l'enxampava de nou, la Quelona li movia un sagramental i li donava un parell de bastonades a les anques. Llavors la bèstia es desbocava altre cop i ja no es deixava agafar fins al corral. Allí li tocava de nou el rebre, però, així i tot, no hi havia manera de fer-lo anar dret. Es veu que el Quim preferia rebre aquestes pallisses a haver de passejar la seua ama amunt i avall.

A Ca la Quelona hi havia també un segon animal, una gallina. Era ja més vella que Matusalem i es deia «la Polla». La dona coneixia quan la Polla havia de pondre un ou i aquell dia no sortia de casa per res del món. No anava ni a l'hort i la vetllava com un malalt. Vigilava que la bestiola, que probablement passava tanta gana com la mestressa, no se li mengés l'ou. Quan en tenia una dotzena, embastava el ruc i els baixava al mercat de la Pobla. Cada dimecres, fes el temps que volgués, la Quelona no hi faltava mai, al mercat. No hi baixava pas amb la senalla buida, sinó que sempre hi duia una cosa o altra: una càrrega de llenya, un cistell de rovellons, una cama d'alls... Amb els diners, comprava vi que després embotava a casa. Agafava sovint la mantellina (n'hi ha que diuen que ja no la deixava mai) i se les pensava totes per poder mamar.

Conten que una vegada tornava de mercat amb un bot de vi buit. A la font dels Encantats, el va mig omplir d'aigua i, en passar per Llenasquer, va entrar al celler del Xicot perquè l'hi acabessin d'omplir del millor vi del racó. Com que la gent d'aquella casa eren també molt desconfiats i garrepes, ella ja sabia els tractes que li farien. Van estar d'acord amb el preu i li mesuraren un parell de quartes d'un vi, que només d'olorar-lo, a la vella ja se li obrien els esperits. Un cop va ser ple el bot, la Quelona els demanà:

—Ara no porto els diners, ja us pagaré la setmana entrant.

La reacció del Xicot fou tan esperada com contundent:

—No ens faràs pas beure a galet, mala pua, que ja sabem el peu que calces! Tornem a buidar el vi, encara que l'hàgim barrejat!

I així la dona es va quedar amb mig bot de vi, una mica aigualit, és clar, però de franc.

La Quelona tenia també la fama de ser bruixa. El Joanot de Gavatx assegurava que l'havia vist transformada en àliga, al davant d'unes bromotes prenyades de rocs. Poc abans havia trobat un farcell de roba amagat en una boixera:

—Posaria les mans al foc que era la seua roba. Abans

de convertir-se en aquell ocellot, s'havia despullat allí.

Altres asseguraven que l'havien vist sortir del corral de Tarrufa el dia que se'ls va morir aquella mula tan bona. El cas és que molta gent, quan s'havien de creuar amb ella pel carrer, ajuntaven les mans i feien una creu amb els dits polzes. Ho feien d'amagatotis, amb les mans al darrera o sota el davantal, perquè ella no se n'adonés. Si la bruixota hi hagués parat esment, els hauria pogut donar mal en una altra ocasió.

De totes formes, comptat i debatut, el punt més fort de la Quelona eren els bolets. Encara que el bosc estigués més sec que els ossos, ella no en tornava mai amb el cistell buit. Si no hi trobava rovellons, plegava pebrassos o fredolics i, si no, cogomes. Un bon dia de maig la veies arribar amb un farcell de moixernons. Probablement l'endemà a punta de dia t'aixecaves i t'arribaves fins al bosc. Anaves d'Herodes a Pilat tot el sant dia i no eres capaç de trobar-ne ni un per l'amor de Déu.

Sabia moltes moixerneres i mai no n'havia volgut dir cap a ningú. Perquè cap llest no les descobrís, disposava de tota una rècula de traces i manyes. Si olorava que algú la seguia per espiar-la, llavors passava de llarg. Si s'adonava, en el moment d'arribar-hi, que hi havia boletaires vora la moixernera, procurava atreure'ls cap a altres indrets del bosc. Després ella hi tornava i collia els bolets sense deixar-hi cap rastre. Diuen que, fins i tot, tenia la barra d'anar a llençar les cues dels moixernons a altres llocs del bosc per despistar els boletaires de bona fe, els quals després ho regiraven tot damunt davall sense trobar res.

Ara la bruixota havia fet el darrer badall i se n'havia endut a la tomba el secret de les seues moixerneres. Recordo que la padrina, feta una fúria, exclamà:

—Ara ja se les pot confitar! Que bon profit li facin!

Potser la història de la Quelona no tindria cap importància si no fos que, al cap d'un mes de la seua mort, aparegué estimbat el pastor del Batllevell. Pasturava el ramat pels cingles de les Aubaguetes, a l'altre costat de Llaumaior, i a la nit no va tornar a casa. L'endemà al matí, el van trobar espenyat sota la timba del Salt de la Baciva. Cenyit a l'esquena, portava un farcell de moixernons de Sant Miquel. Alguns deien que havia relliscat, altres que, vés a saber, com que era una mica estranyot, potser havia fet una bestiesa. Però jo no ho veia gens clar. Em vaig adonar de seguida que en aquella mort hi havia gat ensacat i que aquell fet podia tenir relació amb els moixernons de la Quelona.

I aquí va començar la meua curiositat. O tafaneria. Digueu-ne com vulgueu.

IV

COMPRENDREU, però, que el Xic de la Tonya havia d'anar tot el sant dia darrera les cabres i no podia perdre el temps en carallades. Cada matí, així que el sol arribava a l'ermita de l'Espluga, prenia el morralet i el bastó de tintilaina i aviava el meu escamotet de bestiar. Les cabres s'avançaven per les costes, perquè al matí la gana les feia córrer. A l'indret del Tossal de l'Oració preníem la drecera de la Roca i desapareixíem una estona dins la canal dels Carants. I quan ja era gran dia, trèiem el cap molt més amunt, encinglerats per aquells caps de roques.

Recordo que molts matins d'hivern eixíem de Malpui amb una boira tan espessa que havia de fer uns ulls de gat perquè no em desaparegués cap cabra. Feia un gel que glaçava la cua dels gossos, un fred humit que ens feia treure fum pels nassos. Les mans i les orelles se m'havien omplert de penellons i sort en tenia de la bufanda i dels mitjons de llana que m'havia fet padrina. Les cabres corrien més que mai, perquè sabien que només una mica més amunt ja trobaríem el sol. I jo els deia per engrescar-les més, i també per treure'm el fred:

—Au, vinga!, que avui veurem el mar des de les roques!

De cop i volta, a l'alçada del Tossal de l'Oració, sortíem per damunt dels núvols. A baix tot era com una mar de llana acabada de xollar. La boira cobria la Comella i la Conca de Tremp. Al fons de tot, dibuixava una línia blanca i començava la blavor del cel. Per damunt de Llenasquer, apareixia tot just la capelleta de Sant Quiri, com un vaixell que anés a naufragar d'un moment a l'altre. La mola imponent de Montseré emergia al bell mig d'aquella planúria de nata, com un illot ombrívol. Per damunt la broma voleiaven els corbs, com gavines endolades i una mica barroeres. I no us penseu pas que el qui us parla hagi vist mai el mar cara a cara. Ni el veuré. Però, pel que he llegit i pels dibuixos que n'he vist, és així com me l'imagino.

Des de les roques, sentia les veus i sorolls de la vida del poble i podia endevinar tot el que feia la gent cada moment. Tot el matí sentia els cops de paleta sobre la roba i el xip-xap de les mans a l'aigua freda del safareig. Durant el breu silenci del migdia, m'arribava el rum-rum llunyà del cotxe de línia que pujava de Tàrrega i que ja era prop de la Pobla. Després, els tocs contundents de destral d'algú que asclava llenya, les esquelles del ramat del Batllevell, la xiscladissa de la canalla pels carrers. Mentrestant, el sol avançava xino-xano, poruc i silenciós, sense gosar aixecar-se gaire més d'un pam de la ratlla dels núvols. La Roca era per a nosaltres com un petit món, un vaixell immòbil, un planeta solitari penjat per damunt de les bromes entre cel i mar.

D'ençà que havien començat a construir la presa de Susterris, m'arribaven nous sorolls, com si vinguessin d'un extrem del mar. Al principi, era un enrenou estrany al país, però les cabres i jo aviat ens hi vam acostumar: l'espetec sord i allargat de les barrinades, la remor de les màquines, els bruels de les sirenes. Un exèrcit de forasters treballaven nit i dia en la construcció d'un mur que empresonaria el riu. «A l'hivern —pensava— serà com un petit mar sota d'un altre.»

Quan venia el bon temps, em trobava sovint amb una colla de cabrers i pastorets de Llenasquer i d'altres masies de darrera Roca-roia. Tots fèiem cap a uns englevats comunals de sota l'Orri, on hi havia herba a balquena per a totes les bèsties. Un cop allí, deixàvem que els animals es barregessin i peixessin plegats. Llavors amb un de nosaltres que els vigilés n'hi havia prou. Mentrestant, els altres podíem esplaiar-nos i guimbar per aquells mons de Déu. Amb mitja hora de sol, cada pastoret triava el seu bestiar i se'n tornava tot sol cap a casa.

Primer de tot, abans de posar-nos a jugar, solucionàvem la qüestió de la guàrdia. Generalment no hi havia mai raons, perquè sempre s'hi quedava el Mut de Galau, un bordegàs de Llenasquer, que a més de no parlar, pobret, no hi era ben bé tot. Ens posàvem en rotllana i un de nosaltres recitava una llarga lletania, per decidir a qui tocava fer de pastor. No sé si me'n recordaré ben bé, però feia més o menys així:

U,
a casa del pobre no hi va ningú.
Dos,
l'home pobre no mena gos.
Tres,
bossa sense diners no val res.
Quatre,
primer el segar que el batre.
Cinc,
el vi, per a ser bo, ha de ser de raïm.
Sis,

el cavall, per a ser bonic, ha de ser gris.
Set,
la nena bonica no perd.
Vuit,
el moltó, per a ser bo, ha de ser cuit.
Nou,
la gallina vella fa bon brou.
I deu,
a tu, t'ha tocat fer de guineu!

I sempre li tocava a aquell beneitot. Ell, però, no s'ho prenia pas malament, tot el contrari, li feia molta gràcia i es recargolava de tant riure. Semblava, pobret, que s'hagués vist el cul. Llavors el fèiem pujar dalt d'una roca perquè el veiéssim de lluny i ens avisés si s'escapava alguna bèstia. Quan hi havia alguna novetat, el Mut de Galau saltironava i bracejava com un dimoniet.

Si érem molta colla, jugàvem a moros i cristians. Els moros es parapetaven en un castell i es defensaven a cops de roc. Els que feien de cristians atacaven amb les mateixes armes i intentaven foragitar els infidels de la fortalesa. Quan ens trobàvem molt a prop, llavors lluitàvem amb bastons de boix. Era un joc una mica arriscat i més d'una vegada vaig arribar a casa tot descalabrat de la cara i vaig haver de dir que havia caigut. També jugàvem a arrencar cebes, al borinot, a dir missa, a estimbar cantals pel Golerot i al joc de l'ovella i el marrà. Però a aquest darrer, no gaire, perquè alguns deien que era pecat.

Un dia va acudir una nena amb un escamotet de cabres negres. Venia de la masia de Sorguen, una casa sola de l'altre costat de l'Orri. Era una mosseta prima i escardalenca, amb ulls de mula guita. Va jugar tot el matí amb nosaltres, que tots érem nens, i no hi havia pas ningú de la colla que la guanyés en punteria ni que li passés davant a córrer. Segons la gent gran, la mare d'aquesta nena era bruixa i sa padrina també ho havia estat. A la tarda, quan ja estàvem farts de jugar a tots els jocs, el Tomàs, que sempre volia ser el cap de colla, va proposar de cop i volta:

—Per què no juguem a bruixes?

La mossa va llucar de seguida que el joc anava per a ella i s'hi va negar en rodó.

—Si no ens demostres que tu també ets bruixa, t'arrencarem els cabells a xinades! —amenaçà de nou el capitost.

La bordegota rumià uns moments i, en veure que els altres estàvem de la part del Tomàs, es va donar per vençuda.

—I què voleu que faci?

—Doncs que caigui de seguida una bona tamborinada d'aigua! —vaig fer jo, sense rumiar gaire.

Instintivament tots aixecàrem els ulls al cel: no es veia una broma en part de món, ni corria cap alè d'aire.

—Està bé! Abans de mitja hora pedregarà. Busqueu doncs un aixopluc perquè no quedarà cap fil de roba per mullar! —ens advertí en to amenaçador.

I em mirà fit a fit a la cara, com si els seus ullassos m'haguessin de devorar.

Sense dir ase ni bèstia, la nena començà a collir unes branques de boix i les lligà fent una escampa. Després la deixà a terra entremig dels peus, obrí una mica les cames i s'hi orinà al damunt. Recollí de nou l'escampa i, a tall de salpasser, va fer uns asperges cap als quatre punts cardinals, com el capellà quan beneïa el terme des de l'Espluga.

En un tancar i obrir d'ulls, van aparèixer bromotes de tots els costats. Moments després, tota la muntanya era un infern de llamps i trons. Plovia a bots i barrals i queien unes pedres com l'almosta, que deixaven els pins i les mates més pelats que un jonc. Vam tenir sort que érem prop d'una cabanota de pastors i ens vam poder aixoplugar a temps. Entretant, la nena s'havia fet fonedissa. No l'he tornada a veure mai més.

En acabat de ploure, vaig anar a veure el bestiar. La meua cabrada s'havia replujat sota uns pins i ja tornaven a péixer com si res. Però s'havia augmentat el ramat: la Blanqueta i l'Estelada havien cabridat i cadascuna havia tingut bessonada. Em vaig carregar els quatre cabridets com vaig poder i, cames ajudeu-me, vaig enfilar el camí de tornada. Baixant el Golerot, vaig aguantar un altre ram d'aigua que em deixà fet una sopa.

Calat fins als ossos i esllomat de tant arrossegar cabrits, vaig poder arribar fins a l'ermita de l'Espluga. Em devien veure de casa estant, perquè, al cap d'una estoneta, es presentà mon germà amb abrics i paraigües. Estava capmoix i tan disgustat per la pedregada, que no em digué res dels cabridets, com si tant li fes. N'agafà un parell i vam continuar el camí.

—No hi ha deixat ni astes vives! Enguany ja hem segat! —maleïa tot baixant.

A casa tots feien també cara de prunes agres i el padrí donava la culpa al capellà de Llenasquer. Me'n vaig anar a dormir sense sopar perquè em trobava malament.

A mitja nit la febre m'arborava i tenia uns desvaris que em feien delirar. Vaig estar dos dies així, lluitant entre la vida i la mort. La mare em posava pegats al pit i em feia tisanes estranyes. En conservo imatges boiroses, i això que només fa sis anys. Quan em vaig poder aixecar, al cap d'una setmana, la padrina em va dir:

—Tu sí que has tornat a néixer, fillet!

Però em quedava una tos que ja no m'abandonaria més. Era una tos seca i escandalosa que em feia tornar vermell com un perdigot. Semblava que anés a treure el fel per la boca, però no hi havia manera d'escopir res, per més que estossegués. Em sentia els braços pengimpenjam pel cos i no tenia ganes de fer res. Ni de menjar. En dues o tres setmanes m'havia quedat amb la pell i l'os.

De primer, a casa, es pensaven que amb l'esforç dels cabrits m'havia espatllat el cor i em van fer anar a Cal Xicarró perquè la jove me l'arreglés. La dona em va fer asseure en una cadira, m'agafà tots dos dits polzes i els posà l'un al costat de l'altre, fent-los coincidir. Llavors començà a donar-me estrebades als braços com si me'ls volgués arrencar del cos.

—Quan sentis «crac» dis-ho! —m'havia advertit.

Mentrestant, recitava aquesta oració:

Jesús ha nat,
Jesús ha mort,
Jesús ha ressuscitat.
Jesús faci la gràcia
de curar el cor de l'Amat.

Pero jo no notava cap soroll nou dintre meu. El que sí que sentia eren unes sotragades als braços, cada cop més fortes, que em feien veure les estrelles en plena llum del dia. Per això aviat vaig dir que havia sentit un crac.

—Ja està! —féu llavors la dona, que s'havia cansat de

tant estirar—. Ara a fer bondat una setmana i després ja podràs tornar a agafar les cabres.

Després, recomanà als de casa que per res del món no em deixessin aixecar cap pes de terra.

Va passar una setmana, dues, potser tres i tot, i aquella tos no se n'anava ni amb fum de sabatots. Com cada any, a entrada d'estiu va passar per Malpui l'ermità d'Erboló, recaptant almoina per a la Mare de Déu. Anava de casa en casa i tothom el rebia a mans besades, perquè tenia fama de ser un gran curandero i un dia o altre l'hauries de menester. Aquest home, petit i vellet, traginava un sac que feia més embalum que ell, on entaforava tot allò que li donaven, després d'haver-ne tret la caixeta de la santa imatge i col·locar-la sobre la taula. Quan em va haver vist, l'ermità va dir que estava tacat de freixura i em receptà una aigua de nou herbes.

—Tinc por que aquest bordegot no us farà mai més res de bo! —vaig sentir que deia en veu baixa a ma mare.

I, efectivament, jo seguia escotxegant com un perdigot. Estava tan prim que, com qui diu, no tenia ni cara per senyar-me.

Fins que un dia vaig escopir una mena de sang clara i llefiscosa. Llavors a casa van determinar de posar-hi mà de metge i em van dur a la Pobla. El doctor em féu obrir la boca, em posà l'orella sobre el pit i em va fer tossir. Em receptà descans, bona alimentació i un aixarop que ens prepararien a Ca l'Apotecari. Però a casa no me'l van comprar mai, perquè ja devien veure que no valia la pena de gastar-se els diners.

A poc a poc, la tos s'anà fent un lloc en la meua vida. M'era tan familiar com el respirar, fins al punt que si passava un dia sense tossir la trobava a faltar. Com si em manqués un bocí del meu ésser.

Mai no vaig explicar a ningú la història de la pedregada ni vaig esmentar per res aquella nena que m'havia donat mal. No li guardava cap ressentiment i, malgrat no haver-la tornat a veure més, sovint a la nit somiava en ella.

V

HAVIEN transcorregut prop de dos mesos des d'aquell 3 de maig de 1916 en què havia arribat a casa carregat de cabrits i de febre. En set o vuit setmanes, el Xic de la Tonya havia deixat de ser cabrer i s'havia convertit en el malalt més jove i compadit de Malpui.

—Ves qui ho havia de dir que aquest bordegot els sortís ara amb un mal dolent! Mai no n'hi havia hagut cap a Ca la Tonya!

Alguns veïns s'atrevien fins i tot a xiuxiuejar entre ells allò que tots pensaven en el seu interior:

—Massa poc! Amb tres homes a casa, semblava que s'ho havien de menjar tot!

En el temps que va de Nadal a Sant Esteve, el Xic de la Tonya esdevingué doncs la persona més planguda de Malpui i de tots els pobles de la Comella. Vaig haver d'avesar-me a la llàstima de la gent i això era el que més costa amunt se'm feia.

—Com va, Amat? Ja et trobes millor? —em preguntava qualsevol veí que trobés pel carrer.

I en la seua mirada compassiva no era difícil d'endevinar el que pensava:

—Pobre xicot! Pujava tan robust com son padrí, i vet aquí que ara farà la fi del cagaelàstics!

Ningú no gosava mai de pronunciar pel seu nom el

meu mal. Com si fos un mal tan verinós, que només de dir-lo, de passar-se'l per la boca i escopir-lo com un pinyol, ja pogués començar a niellar-los el cos. Senzillament, el Xic de la Tonya havia arreplegat «un mal dolent» i amb això tothom ja s'entenia.

Mentrestant, jo no deia res però la processó m'anava per dins. Era prou conscient que se'm corcaven les entranyes sense poder fer-hi res. Que els corcs rosegaven nit i dia sense parar, com a les bigues dels caps de casa, i que m'anaven trinxant els pulmons. Quan em venia un atac de tos i escopia sang, pensava que, granet a granet, la vida se m'escolava per la boca.

Més que no pas per mi, em sabia greu d'estar malalt pels de casa. Necessitaven el meu granet de sorra per a tirar endavant Ca la Tonya. D'un temps ençà i en menys de vint anys, semblava que una maledicció planava sobre casa nostra i només ens deixava fer la viu-viu. Primer havia estat la mort d'oncle Claudi a la guerra de Cuba. A casa es van refer de l'infortuni, gràcies al ralet que padrí va cobrar cada mes des de llavors. Després s'havien hagut de recuperar de la mort de dos fillets i de la pesta de la fil·loxera. Ara, quan ja tothom pronosticava que dintre de poc a Ca la Tonya hi hauria més força que a la millor casa de la Comella, m'agafava a mi aquesta marfuga. No és estrany que alguns comentessin:

—A Ca la Tonya, tan aviat van sobre rodes com xafen merda!

Mentrestant, jo em corsecava d'ensopiment i les cabres al corral s'havien de menjar l'herba acabada de dallar, reservada per a l'hivern. I això en un temps en què a les vores dels camins i per les costes hi havia un bé de Déu d'herba que feia esborronar i les bèsties s'haurien pogut acampar a fora. Cada tarda, padrí les aviava una estoneta per estalviar una mica de pastura i també perquè les bestioles s'esbarjolessin. A mitjans de juny, però, i amb el fort del segar, a casa determinaren de vendre-les perquè padrí no podia estar per elles.

Se les va quedar totes, a preu llençat, un carnisser de la Pobla i l'endemà mateix de fer tractes, el meu germà les menà a l'escorxador. Aquell dia, quan les vam fer sortir de l'era i les cabres van veure que havien canviat de pastor, estic segur que, a la seua manera, intuïen que no tornarien mai més al corral. Vaig anar a dir-los adéu i, pobres bestioles, em miraven com si jo tingués la culpa de la seua sort. La Plapadeta belava com una condemnada i no hi havia forma de fer-la eixir del corral, per més garrotades que li donessin. Mon germà i el padrí la van haver de treure amb un feix. Jo no vaig obrir la boca, tenia un nus a la gola que no em deixava dir res. Però no se'm va escapar cap llàgrima com m'havia passat quan vaig trobar mort el Moret, perquè era massa gran i se n'haurien rigut.

Si me'n fou de difícil d'acostumar-me a la nova vida de malalt, només Déu ho sap. I és que jo havia estat sempre un belluguet. Un «cul d'en Jaumet», que deia ma mare. Ara, en canvi, em sentia com un pardal engabiat, presoner del meu propi cos.

Els de casa, durant els mesos de la sega, es llevaven a punta de dia i se n'anaven al tros. Padrina i jo ens quedàvem una estoneta més al llit a covar la matinada. Al matí, padrina trastejava per la cuina, enllestia els conills i la volatam de l'era i cuinava el dinar. Tocades les deu, venia a treure'm del llit:

—Vinga, Amat, aixeca't, que ja és gran dia! Dorms més que el guix de Senterada!

Em llevava doncs a les tantes i no era pas perquè m'agradés gaire de dormir, però per estar sense fer res, al llit no m'avorria tant. Prop de migdia, prenia el cistell i l'olla de l'escudella i anava a portar dinar als segadors.

—No corris gaire, fillet, que després tossiràs! —em recomanava abans de sortir.

Quan a migdia m'encaminava cap al tros amb un sol que estabornia les papallones, ells ja feia vuit hores que corbejaven. És clar que durant el matí s'havien aturat un parell de vegades per esmorzar i fer deu hores. Tots quatre tonyos tenien la feina del segar ben distribuïda. El meu germà obria el rem amb la dalla, llençant les espigues cap a dins els sembrat. Al seu darrera, el pare plegava el rem amb el volant i anava deixant una renglera de gavells. Finalment, el padrí lligava les garbes i la mare li atansava els gavells. Des de lluny semblaven quatre formiguetes bellugadisses, rodejades d'un ramadet de garbes.

En veure'm arribar, el padrí aixecava els ulls de la feina i mirava el sol.

—Apa, nois, que ja és migdia! Anem a veure si ha caigut la mestressa a l'olla! —i estrenyia la darrera garba.

Dinàvem aixoplugats a l'ombra de la noguera, mentre a fora el sol era com una pluja de foc. La mare repartia l'escudella i llescava el pa. Agafava el tall de confitat més gros i el posava a mon germà.

—Menja, Tonet, que tu treballes com un home!

Després em servia a mi. «Malaguanyat el pa que et menges!», devia pensar. I em preguntava si havia tornat a estossegar.

No parlàvem gaire perquè teníem la boca prou atrafegada de mastegar i engolir. Enllestíem el dinar amb quatre queixalades, per poder tenir temps de fer una bona migdiada. Aquell any els escassos comentaris feien referència al dany que havia donat la pedregada.

—En aquest bancal va estrinxolar molt les espigues. N'hi ha més de dues llavors a terra! —feia mon germà.

—No res, ja us ho dic jo... Quan haurem comptat fils i tatxes, ja veureu com no ens haurem guanyat ni la sal de l'olla! —sentenciava la mare, que ho veia sempre tot molt negre.

Jo no gosava dir ni piu i me'ls escoltava tot mastegant sense gaire gana. La meua inutilitat em donava mala vida i procurava de fer el que podia, sense cansar-me, per donar-los un cop de mà. La migdiada se'm feia més llarga que un dia sense pa ni vi. Mentre ells dormien com un soc ajeguts sobre el rostoll amb un gavell per coixí, jo no podia tastar el son i m'avorria com un xut. A la tarda m'entretenia fent vencills a l'ombra del noguer i, quan el sol ja era més baix, plegava espigues i passava el rasclet pel rostoll. Abans de plegar, m'agradava de comptar les garbes que havíem fet.

—Avui n'hem lligat més de cent! —els deia, una mica il·lusionat.

—Gràcies a tu! —responia mon germà.

Després de segar, sense tenir temps ni de recobrar l'alè, venien les feines del batre. Calia llevar-se igualment a punta de dia, per tragirar les garbes del tros cap a l'era. A mig matí, quan el sol començava a escalfar de valent, «tiraven la batuta». És a dir, deslligaven les garbes i les estenien sobre l'era. Feien un parell de tocades amb els animals i giraven la palla, encara a mig fer, perquè es torrés durant la migdiada.

Després, a la tarda, au, tornem-hi, que no ha estat res! Mules i ruc tornaven a donar voltes i més voltes fins que s'havia fet bona palla. Aleshores, es procedia a «plegar la batuta», és a dir, se separava amb forques el gra de la palla. Aquesta era pujada al paller amb una forca que semblava de gegant, la forca pallera, mentre que el gra era atarterat en un racó de l'era. A posta de sol, si es girava una mica d'airet, encara hi havia temps per ventar.

Eren unes feines encara més amoïnoses que la sega, a causa de la pols i de les arestes. Amb la suor, la pols se t'enganxava a la pell i et cobria com una tinya. T'entrava per la boca i pels forats del nas, i et produïa una raspera al coll que no se n'anava per més sellons d'aigua que traguegessis. Quan et mocaves, treies un mocot aspre i fastigós, més negre que l'estalzí. A Ca la Tonya teníem l'era una mica separada de la casa i no m'hi deixaven ni acostar perquè la pols per a mi era com les metzines.

Fou aquest mateix agost, mentre les mules corrien adelerades sobre les garbes, quan em vaig fer amic del capellà del poble. Mossèn Serafí era un home d'una seixantena d'anys i ja en feia més de vint que era rector de Malpui. Malgrat els anys, conservava una bona mata de cabells, llisos i blanquíssims, sobre els quals es retallava la coroneta, d'una geometria impecable. Si al detall dels cabells, hi afegim l'expressió bondadosa i afable del seu rostre, tindrem un home amb un encant especial. Era d'estatura més aviat normal, però la sotana el feia més alt i l'omplia una mica de carns. De totes formes, sota el vestit talar, el rector de Malpui devia ser un home extraordinàriament flac i escardalenc, que no devia pesar gaire més de quatre arroves.

M'havia batejat a mi, igual que tots els nens de la meua colla, i ens havia posat «Serafí» de tercer nom. Fins llavors no ens havíem fet gaire. Molts camins jo feia marrada per no trobar-me'l, perquè el diumenge també havia d'anar a aviar les cabres i això —suposava— a ell no li agradava gens.

Aquella tarda es devia adonar que jo anava perdut

com un gos sense amo. Hi havia encara bona cosa de sol i ell resava el breviari assegut sota l'om de la font de les Arguiles.

—Déu vos guard, mossèn Serafí! —vaig saludar-lo, tot besant-li la mà.

Aleshores ell no em va pas preguntar com em trobava, com solia fer tothom, sinó que tancà el llibre i m'indicà que m'assegués al seu costat. Per dins jo tremolava com una fulla de xop, pensant que em faria retret dels diumenges que no havia anat a missa. Ell, però, començà a parlar-me com si fóssim amics de tota la vida:

—Déu t'ha enviat un mal dolent i Ell deu saber per què ho ha fet. Però tu ho has d'acceptar amb resignació i de bona gana: és la Seua voluntat. Tingues en compte que aquesta creu que ara el teu cos arrossega té també la seua cara, els seus avantatges. Pensa que ara no et cal escarrassar per la feina per tal de guanyar-te el pa, com ha de fer tothom en aquesta vall de llàgrimes. Cada dia trobes taula parada i un llit per dormir, sense haver de doblegar l'esquena. La Providència t'ha alliberat de les feines corporals i no ho ha fet precisament perquè et converteixis en el gos d'en Mandra, sinó perquè et consagris a les coses de l'esperit. Així, doncs, aquesta xacra corporal que ara t'aïlla dels teus veïns t'ha de servir per a esdevenir, fins i tot, superior a tots ells.

Enraonava a poc a poc, fent una petita pausa després de cada frase. Igual que en els sermons del diumenge. El somiqueig de la font i el cant llunyà d'una cigala esmortien els incòmodes silencis. Me l'escoltava encuriosit sense intuir on dimonis volia anar a parar amb tots aquells raonaments.

—Passada la festa de l'Espluga, entrarem a la tardor gairebé sense adonar-nos-en. Una colla de nens baixaran cada matí a Sant Roc per anar a estudi. Enguany tu tampoc no els podràs acompanyar, perquè els teus pulmons no resistirien una hora i mitja diària de camí. Abans perquè eres pobre i a casa et necessitaven, ara perquè estàs malalt. No sembla pas, Amat, que hagis nascut precisament amb el pa sota l'aixella. —El silenci era ara més empipador que mai—. Mira, Amat, a partir d'ara, jo seré el teu mestre. Vull fer de tu un home de lletres, un home complet —conclogué decidit.

La veritat és que jo no sabia pas què contestar-li.

—Faré el que vostè em mani! —vaig mormolar, per dir alguna cosa.

Eren els mots suficients perquè la meua vida comencés a transformar-se.

No en dubteu pas, aquella tarda xafogosa d'agost fou decisiva per al protagonista d'aquesta història. Assegut a l'ombra de l'om de les Arguiles, aquell dia sí que vaig tornar a néixer.

Des de llavors, cada matí em llevava més aviat i, amb la torrada de l'esmorzar a les mans, me n'anava cap a la Rectoria. Primer de tot, mossèn començà per ensenyarme uns dibuixos estranyots, que ell en deia «les beceroles». Els primers dies se'm feia molt costa amunt això de distingir cada lletra, perquè totes em semblaven iguals. A pas de bou, però, anava veient les diferències.

La veritat és que hi vaig posar els cinc sentits i durant tot el dia només pensava en lletres. M'hi vaig lliurar en cos i ànima, tan apassionadament que veia les coses en forma de lletres. Per exemple, passava una mula amb les samugues i pensava que aquest arreu és com una hac; no veia una ferradura sinó una U plena de foradets. A les nits somiava en lletres estrambòtiques que no hi havia manera de distingir i mossèn em renyava una mica.

Moltes tardes el seguia com un gosset, a l'hort de la Marrada. El rector em donava un eixartell i deia:

—Passa a la pissarra!

Llavors jo m'entretenia cavant lletres en un tornall on no hi havia res plantat. Mentrestant, ell regava les tomates, birbava les albergínies o plantava l'escarola per a l'hivern. De tant en tant, aixecava el cap de la feina i mirava el que jo feia. A vegades, mig rient em corregia:

—Aquesta B, l'has feta massa panxuda! —I també—: No eixarranquis tant la I grega, que la faràs escorronar!

Pels volts de Nadal, quan les colles de seminaristes muntanyesos tornaven de vacances pel camí d'Organyà, ja em sabia totes les lletres i n'estava més satisfet que un gos amb un os. Aquell any, el meu mestre i jo no vam pas fer vacances, sinó que de seguida vam començar la batalla de les paraules.

—Fixa't, Amat —em deia mossèn el primer dia de l'any, mentre la canalla passava a plegar Ninou—. Agafem el tirapeu del pastor, hi posem al costat la lluna plena, hi afegim una altra lluneta minvant... i ja tenim la paraula ROC. Si ara canviem la O per una fanga de tres puntes, tindrem un REC, per a regar l'enciam. Substituïm la E pel bastonet i ja tenim un RIC, com l'hereu del Batllevell. Però si tu prefereixes un RUC, només et cal treure la I i posar-hi la...

—La ferradura! —endevinava jo, tot satisfet.

A partir de llavors, quan sentia una paraula no estava a plaer fins que no l'havia escrit amb el llapis. Aleshores me la mirava bé i em semblava més important. Fins i tot vaig començar a pensar les coses amb paraules, més que no pas amb la forma i el color dels objectes. No sé si enteneu el que us vull dir. Quan, posem per cas, pensava en una mula, no imaginava la figura d'aquest animal, ni tampoc els sorolls que la meua boca articulava, sinó el traçat de les quatre lletres sobre el paper (la collada, la ferradura, el bastó trencat i la muntanya). Em vaig adonar que això és molt més pràctic i exacte, perquè, és clar, si te la rumies amb la figura, te la pots imaginar moïna o castanya, mansa o guita, amb les orelles llargues com un ruc o bé curtes com una egua... En canvi, pensant la paraula MULA, ja et refereixes, a la vegada, a totes les mules del món.

Mossèn em féu veure també que la nostra llengua prefereix les paraules xiques. N'hi ha que diuen que això demostra que els catalans som una gent molt gasiva, que estalviem fins i tot les lletres. Però el cas és que els mots breus tenen un atractiu especial, sobretot perquè fan el mateix servei que les paraulotes llargues com una serp.

—Ja ho diu el refrany, «Al pot xic hi ha la bona confitura». No oblidis això, Amat! Fixa't en aquesta petita joia de l'idioma, preciosa com la façana de Cal Rei de Mentui: *«Qui diu que ja sap prou / té el cap més dur que un bou»*.

M'ensenyà també a diferenciar les paraules que representen tarters de coses (com el mot «cabra», que es refereix a totes les cabres del món), de les que serveixen per a un sol objecte (per exemple, «la Banesdretes» era una cabra concreta del meu ramat). Després m'alliçonà en les diferents classes de paraules i pels mal-llevants, quan el Març bufava fort contra la vella de Romadriu, em prometé que començaríem a fer frases.

El pare de mossèn Serafí havia estat un paleta de molta anomenada a la Vall d'Àneu:

—Picapedrer i mestre de cases! —matisava orgullós.

I afegia—: Com el pare de mossèn Cinto Verdaguer!

Per això, molt sovint solia comparar-me l'escriptura amb aquests oficis de la construcció:

—Els mots, formats per un determinat nombre de lletres, són com les pedres: cal triar-les bé i polir-les abans de posar-te a fer paret. Les frases són les parets de l'edifici: els murs exteriors i les antostes de dintre. Has de saber collar els rocs amb una bona argamassa sintàctica i construir amb la plomada recta de la raó... Si ho fas així, les teues historietes seran palauets ben dignes i tu esdevindràs un bon «mestre de cases». Fixa't que ací dalt, de fer paret en diem «mestrejar».

Mentrestant, la natura seguia el seu curs. La gent del poble em tractava com si no m'hagués passat res, com si fos el mateix Amat, malalt i desgraciat d'uns mesos enrera, quan no sabia ni quants dits tenia a la mà. Però dintre meu havien canviat tantes coses en aquest curt període de temps, que em semblava impossible que ningú no se n'adonés. Els meus veïns em dirigien la paraula amb un deix de llàstima i, per compromís, em preguntaven com em trobava. Ara, però, jo no tenia res a envejar-los i fins i tot em sentia superior, perquè sabia escriure les paraules. Només s'havien adonat de la meua relació amb el rector:

—Sembla el gos falder del capellà —deien.

Però jo havia tornat de mort a vida.

Els de casa també es van adonar dels meus progressos en les lletres i van provar de treure'n profit. Una tarda que jo era a la Rectoria, es va presentar ma mare amb un cistell ple de tota mena de recapte. Davant d'aquesta acció generosa, tan poc habitual per part de casa nostra, segur que la majordona ja es devia pensar de seguida que la Tonya venia a demanar un favor:

«Alguna cosa busca en canvi. Els tonyos no allarguen pas la mà per no res!», va pensar.

La majordona va fer passar ma mare al despatx on érem nosaltres i després se'n tornà a la cuina amb el cistell. Mossèn Serafí li va donar les gràcies per l'obsequi i li pregà que s'assegués a la cadira. Sense saber-ho, el rector li encarrilà de seguida el motiu de la visita:

—Teniu un xiquet que té molt cap! —digué tot assenyalant-me—. Ja coneix totes les lletres!

Ma mare llavors va anar directament al gra:

—Precisament d'això he vingut a parlar-li. Com que el nen té tan bon cap per les lletres, a casa hem pensat que el podríem fer estudiar per capellà.

El rector es va quedar de pedra. No s'esperava pas una empescada així. Ni jo tampoc. La veritat és que en aquells moments m'hauria volgut fondre. De totes formes, l'ocurrència de ma mare em va semblar de seguida realment enginyosa, pensada amb tota la mala bava del món. Tanmateix, no cal ser gaire llarg de gambals per endevinar allò que els tonyos pretenien, enviant-me a mi al Seminari de la Seu. Això els suposaria una boca menys per alimentar, la boca inútil d'una persona malalta.

«Ja la sabeu ben llarga, ja, els de la Tonya!», va pensar mossèn Serafí.

Però no va dir pas això, en veu alta, és clar. Sinó que, amb bones paraules, va intentar d'explicar a ma mare, que això de la vocació sacerdotal era una cosa sagrada i que era Déu Nostre Senyor que cridava personalment aquells que volia per ministres seus. Per tant, si Ell així ho disposava algun dia, m'enviaria la vocació i llavors fóra jo mateix qui demanaria per ser capellà.

—Per ara, l'important és que el nen aprengui força! —conclogué el rector.

—Que aprengui de lletra, però sobretot que recobri la salut, mossèn! —matisà la Tonya amb veu planyívola.

—Ja veureu com es curarà, si Déu vol. Entretant procureu que el xiquet vagi ben alimentat, perquè l'esforç intel·lectual que fa és molt gran. Penseu que és un nen que estudia, que creix i que està delicat!

—La gana encara no l'ha pas perduda mai, gràcies a Déu! —va dir ma mare—. I li puc assegurar que el seu ou per sopar no li peca pas mai, ni una sola nit. Comprengui, mossèn, que, al cap i a la fi, l'Amat també és el meu fill!

Estic ben segur que el meu mestre va comprendre molt bé aquell «al cap i a la fi» tan significatiu, que sense voler havia dit la meua mare. I la prova és que, des d'aquell dia, el rector em feia beure un ou moltes vegades o bé em donava un tall de pernil, sempre d'amagatotis de la majordona.

El dia darrer d'abril, festa de Sant Pere Màrtir, vam pujar com cada any a l'ermita de l'Espluga, per beneir el terme i les creuetes que després posaríem dintre dels sembrats. Si no hi havia cap enrenou, enguany hi hauria una bona collita de gra. L'enrenou, però, en aquells moments acabava d'arribar al poble de Malpui.

A mig matí, en baixar de la capella, vam veure que hi havia forasters a l'hostal. Eren tres, dos enginyers anglesos de la Companyia i un home de la Pobla que treballava a la Central elèctrica. Tots tres parlaven entre ells en castellà, un castellà estrany, una mica orc, com si els anglesos tinguessin un roc a la boca. Menaven un cavall carregat de bastons i d'aparells per mesurar el terreny.

De primer ens pensàvem que volien fer una presa com la de Susterris, però l'home de la Pobla ens explicà que venien a enginyar una línia de pilones, que travessaria el terme de Malpui i que portaria la llum a Barcelona. Va dir també que les cases afectades havien de signar uns papers i que la Companyia els pagaria els danys ocasionats. També pagarien alguna cosa als trossos on havien de posar una pilona.

—I per deixar passar els fils sobre el Prat-la-vall, quant cobraré? —preguntà, de cop, el vell de l'Arreuaire.

—Home, si només us hi passen els fils, us pagaran els danys en concepte d'indemnització. Segons les lleis vigents, no teniu dret a res més i, si us hi negueu, l'Estat utilitzarà la seua força i us expropiarà —explicà l'home de la Pobla.

—Teniu molt bones paraules, vós, jove, sembla que hàgiu anat a estudi a la Universitat d'Hortoneda. Però, l'Arreuaire de Malpui, no l'ensarronareu pas així com així. Per no res, no firmarà, encara que vingui el rei i Maria santíssima!

—Sembla estrany que siguis fill de l'Aubac! —li recriminà mon padrí, a l'home de la Pobla—. Amb ton pare ens hauríem partit un moll de nou.

—Doncs jo ja he firmat! —saltà el Batllevell, l'hereu de la millor casa del poble.

Després d'ell va signar el Perutxo, Tarrufa, el Xollat i algun altre. El poble es dividí en dos bàndols oposats. Hi ha famílies que per aquest motiu, avui, després de cinc anys, encara no es baden boca. Els uns argumentaven que mai ningú no els pagaria tan bé una feixa de blat que els havien trepitjat, i afegien que calia estar bé amb la Companyia per portar la llum al poble. Els altres contestaven que ja se la podien fotre al cul la llum, que ells no la necessitaven per a res i acusaven el Batllevell d'haver-ne tocat de calents, perquè amb la seua influència convencés tot déu.

A Ca la Tonya van decidir de firmar, després d'haver regatejat llarga estona sobre el valor d'un bancal plantat de clops que queia sota la línia.

—M'agradaria més comprar un ruc als gitanos que haver de tractar amb aquesta gent —comentava després el meu pare.

El cas és que, un cop tallats els arbres, els troncs es van quedar al tros i els vam poder aprofitar per fer un cobertet nou al costat de l'era. Mon germà va dir:

—Això serà una mina!

I va tornar a plantar tot el bancal de clops petits.

Per altra banda, els forasters es van estar una setmana al poble. Posaven a Cal Dot, on els feien també la dispesa. Un dia, per dinar, la mestressa els va coure conill amb moixernons, pensant-se que els agradarien tant que se'n lleparien els bigotis. Els estrangers, però, en veure aparèixer aquell menjar a la taula, van fer cara de tots els fàstics i, com qui diu, li llençaren la cassola als morros. En lloc d'aquell plat, van demanar un parell d'ous ferrats amb cansalada viada.

Aquesta acció va donar nous arguments als malpuiencs que encara no havien volgut firmar i va encendre de nou tota mena de comentaris:

—Aquests estrangerots no saben el que és bo!

—Moltes màquines, però no creuen en Déu. Són com les ferotes del bosc!

—Amb aquests nyeu-nyeus no sé pas ni com es poden entendre entre ells!

Així em vaig assabentar que els moixernons eren una cosa misteriosa i fantàstica, perquè mentre uns els consideràvem una miroia de la natura, per a d'altres, en canvi, eren pitjor que una carronya.

VI

«VET AQUÍ que una vegada, fa anys i panys, un xicot d'Espui es va enamorar d'una encantada que veia cada dia vora el riu. N'estava tan enamorat que un dia li va demanar que es casés amb ell. La noia contestà:

»—D'acord, però mai de la vida, passi el que passi, no m'has de dir "dona d'aigua".

»El xicot li va jurar que mai de la vida no li diria "dona d'aigua" i es van casar i van viure feliços. Al cap de nou mesos van tenir una neneta més bonica que un sol.

»Després d'uns anys, una nit d'hivern van tenir unes raons molt fortes i en un moment de la baralla l'home va dir:

»—Dona d'aigua hauries de ser!

»A l'instant la dona d'aigua desaparegué i no la pogué fer respondre per més que la cridés, i el pobre home s'estirava els cabells només de pensar que no la tornaria a veure més. L'endemà l'home es llevà a punta de dia i se n'anà a treballar al tros. Quan va tornar al migdia, va trobar la seua filleta vestida i pentinada i l'home li preguntà qui l'havia vestit i pentinat.

»La nena contestà:

»—Doncs ha vingut mamà, com cada dia!

»Des de llavors cada dia passava el mateix. Quan

l'home tornava del tros, trobava la filla vestida i pentinada i jugant per la casa. Un matí volgué comprovar el que li deia la filla i es quedà amagat dins d'un armari.

»Al cap de poca estona, va veure que la seua estimada dona sortia pel forat de l'aigüera i anava a rentar i vestir la seua filla. L'home va contemplar això molts dies, fins que un matí no es va poder aguantar més i sortí de l'amagatall i va anar a abraçar la seua estimada. Però la seua estimada se li va desllisar de les mans com una truita de riu, i a l'home només li quedà a les mans un pinyoc de cabells de la seua estimada i ella ja no va tornar a venir més. I va guardar els cabells ben guardats en una capseta d'or, perquè va comprendre que mai dels mais no tornaria a veure la seua estimada. I encara hi deuen ser, si ningú no els ha agafat i no s'han fet malbé.»

Aquesta fou, amic lector, la primera història que va escriure l'Amat Escrivà, després d'un any d'anar a estudi. No cabia a la pell de tan content i va córrer a ensenyar-la al seu mestre. Mossèn se la va llegir un parell de vegades, després em comentà:

—És d'una construcció simple i senzilla com una borda de muntanya. T'hi sobra potser una mica d'argamassa... També hauries de procurar de no repetir tantes vegades la mateixa paraula. Has de triar rocs diferents, així evitaràs de fer-te monòton. «Desllisar» és un mot foraster, l'has de canviar per un altre. Però, en conjunt, les parets són ben plomades i la conclusió final és una teulada que no admet goteres.

Després afegí que la meua lletra era infernal, que en lloc de tenir l'aparença d'un camp de trepadella ben retallat, semblava una costa de romers.

Per altra banda, la historieta li va plaure molt, al meu mestre, i se la va anotar tot seguit. Em confessà llavors que era el col·laborador d'un capellà de Mallorca, que es deia mossèn Alcover, el qual recollia totes les paraules i totes les rondalles dels pobles on parlem català. Aquest mallorquí era un savi rodamón, que anava de poblet en poblet, escoltant com parlaven a cada lloc. El rector de Malpui l'havia conegut l'any 6, a la Pobla, quan feia una d'aquestes excursions científiques. M'ensenyà una pila de fulls plens de paraules que només diem a la Comella i d'historietes de tots colors. Quan n'hi hauria un bon plec, en faria una tramesa al savi sacerdot. Amb les cartes que rebria de tots els altres indrets, aquest estudiós de la nostra llengua escriuria després un llibre i així tots els catalans les podríem aprendre.

—Qui te l'ha ensenyat, aquesta rondalla? —em preguntà després.

—Doncs, me l'explicà padrina, un dia que ens tocava pastar el forn.

Em retornà el meu full i prosseguí la lliçó:

—Sàpigues, Amat, que has de posar unes orelles de llebre sempre que els teus padrins obrin la boca. Ells t'alliçonaran en els secrets de la natura, en la saviesa ancestral que han heretat dels besavis. Ells et transmetran els records de tanta gent que ja fa malves i que només perviuen en el seu magí. Els teus padrins t'instruiran en coneixements que aquest capellà desconeix, perquè tot el que sap ho ha après dels llibres. I un llibre és una cosa meravellosa, però només reflecteix, com un miraller, allò que li poses davant.

Llavors em regalà una llibreta nova i un llapis i m'encomanà que l'anés omplint:

—Anota-hi cada dia tot allò que captis amb tots els teus sentits. Tingues present que vius en una època molt especial de la nostra història i n'hauries de deixar constància. La memòria individual té un poder fantàstic, però és efímera com un foc d'encenalls. El paper escrit és la millor assegurança contra l'oblit. Qui sap si algun dia, amb tot plegat, podràs bastir a Malpui la catedral del teu temps. Senzilla i casolana, però elegant i austera com l'església de Covet.

Des de llavors, he portat sempre amb mi aquesta llibreta, com la meua segona memòria, i ja us podeu imaginar que en aquests moments m'és de tanta utilitat com l'aire que respiro.

Però es veu que la historieta de la «dona d'aigua» li havia robat el cor, perquè seguia traient-ne més suc:

—Aquesta rondalla conté un profund sentit simbòlic. La dona d'aigua, preciosa (fixa-t'hi, «encantadora») però fonedissa com una figura de gel, és l'al·legoria de la fugacitat de l'amor. Has de saber, Amat, que la vivència amorosa és intensa i breu com un foc d'argelagues. Al cap d'uns anys de matrimoni, l'avorriment sol fer niu al matalàs i neix el desencís. Així li ocorre al xicot d'Espui, malgrat que després s'esforci per detenir l'amor una temporada més. La dona torna, però ja no com a amant, sinó com a mare. I després de l'amor, la solitud altra vegada, el trobar-se de nou amb un mateix. —Féu una pausa i, sense més ni més, m'engaltà a boca de canó—: Per cert, Amat, com ho tenim això de l'amor?

A mi, aquesta pregunta, m'enxampà, com qui diu, en calçotets. Els colors em pujaren a la cara i em vaig quedar mut com un estaquirot. Ell es va adonar de seguida que m'havia tocat a la cama del mal i dirigí la conversa cap a altres viaranys menys comprometedors.

És cert que mossèn Serafí era el meu millor amic, però jo no vaig tenir mai el valor ni la confiança per parlar-li de determinades coses. No li vaig explicar mai aquella força que se'm dreçava neguitosa a l'entrecuix quan veia un gos i una gossa enganxats. Ni em va passar pel cap d'explicar-li que molts matins espiava la Rosa del Poblador quan anava a la font, llavors m'hi atansava i m'amorrava a l'aixeta fent veure que estava assedegat. No li vaig contar mai que moltes nits somiava, jugant a l'ovella i el marrà, aquella nena que m'havia embruixat. Érem darrera una boixera i ella es treia el vestit i conjurava les bromes. Després jeia al meu costat i ens plovien aigua i pedres per tot el cos, però no em feien mal, sinó unes pessigolles delicioses. Poc després em despertava banyat de la panxa, però alliberat d'un gran pes i fresc com una rosa. Ignoro el que m'hauria aconsellat mossèn, en cas que li hagués contat fil per randa tots els meus neguits de jovenot de quinze anys. Considerava el meu mestre tant per damunt d'aquestes foteses, que només de pensar-hi quan ell era al davant em tornava vermell com una tomata.

Els dimecres, quan baixava al mercat de la Pobla, el rector de Malpui solia comprar el diari *La Veu de Catalunya.* Després jo me'l llegia de cap a cap i així feia pràctiques. Puc dir que, de fet, amb aquest diari vaig aprendre a llegir. I «llegir» no significava pas solament «lletrejar». Sinó ficar-se el text al cap, saber-ne treure tot l'entrellat i, fins i tot, saber llegir entre línies. Quan havia acabat, mossèn em feia explicar amb tots els ets i uts el que deia el diari. D'aquesta manera em vaig assabentar que a Barcelona hi havia un gran entusiasme catalanista i que Prat de la Riba era l'ànima de tot aquest moviment. Vaig saber també que per la vella Europa els homes morien a milers, esfreixurats per les bombes.

—Ja veus de què ens ha servit d'inventar l'avió i

poder volar: només per matar-nos com mosques els uns als altres! —em comentà en una ocasió.

El meu mestre no anava ni a favor dels alemanys ni dels aliats. Era un home pacífic i només de llegir els titulars dels articles de guerra i de veure les fotografies, ja se li posava la pell de gallina.

—Si no s'acaba aviat aquesta carnisseria, tot Europa serà un tarter de rocs!

La barbàrie de la Gran Guerra li servia sovint per fer-ne aplicacions concretes a Malpui. Recordo el que em comentava una nit a propòsit dels nostres jocs salvatges amb animalons:

—Déu posà els animals al paradís, fins i tot abans que Adam. I els creà per tal de servir l'home, no pas perquè ell s'hi divertís. Totes les bèsties de la terra són al nostre servei però no pas al nostre caprici. Sense les bestioles ens trobaríem tan sols a l'Univers; sense els seus cants, la natura semblaria morta, com si no respirés... —Féu una petita pausa, com si escoltés alguna cosa, després afegí—: No sents com batega la nit?

Recordo que era una nit de setembre serena com un ull de gat. Pel balcó, obert de bat a bat, entrava la xerricadissa de milers de grills.

Més que no pas omplir-me el cap de coneixements, mossèn Serafí m'ensenyà a aprendre pel meu compte. I tot el que vaig aprendre des de llavors us asseguro que no cabria pas en deu quaderns com aquest. Des del dia que em lliurà la llibreta, em vaig fixar més en els meus padrins, perquè qualsevol hivern se'n podien anar al cementiri. Llavors, com deia padrina, ja els podria anar al darrera amb un flabiol sonant.

Als seus setanta-quatre anys, el vell de la Tonya encara era un home robust i valent. És clar que ja havia perdut molta força. De jove, quan feia caure olives, ell no pujava mai a l'oliver. Les bastonejava de terra estant, amb una perxa més gruixuda que el braç. Diuen que quan mon padrí picava a l'arbre, feia brunzir la perxa i els que eren dalt de l'oliver ja tenien prou feina per aguantar-se a les branques. Un cop enllestit, el pobre oliver semblava que acabés de suportar una pedregada. A la primavera, ja no el caldria esporgar. Sobre les borrasses hi havia tantes rames i carrells que, en lloc de plegar olives, allò era una autèntica batuta d'ordi. El meu padrí seguia al peu de la lletra el principi segons el qual,

Feinot sempre té pa
i Feineta ha de captar.

I per ell «Feinot» volia dir fer les feines amb una esgarrapada. Segons aquesta màxima, les feines s'havien de realitzar amb el mínim de temps possible, encara que es fessin a la babalà. D'aquesta manera havia aconseguit de llaurar un tros de dos jornals en una sola junta. Des de lluny no notaves res d'estrany, però, si ho anaves a comprovar de prop, t'adonaves que entre solc i solc hi havia un pam de terra ferma, sense estovar.

—La feina és com un càntir d'aigua —solia dir—. L'home que té un bon coll prefereix de beure pel broc gros.

El Tonyo, com tots els vells de la seua telerada, portava gorra musca. Una gorra fosca i allargassada com un sac, que ell es ficava cargolada sobre la testa. Segons ell, dins de la gorra hi cabia un mesuret de gra. Ara, el meu pare i mon germà fan servir una gorra de visera, com els homes de la Pobla. Mon padrí ha estat, doncs, l'últim home de Ca la Tonya que ha portat gorra musca.

Sovint em contava anècdotes de la seua joventut. A mi, se'm feia impossible d'imaginar-me'l jove i ben plantat, com si el meu padrí sempre hagués estat vell. A més, no em podia afigurar un xicot amb barretina, perquè per a mi aquesta gorra ja va ésser sempre cosa de vells.

Els canvis de temps eren el punt fort del meu avi. Si, posem per cas, una nit corcada d'estels es queixava que la cama li assenyalava pluja, l'endemà ja et podries preparar, que hi hauria aigua per dar i per vendre.

En canvi, una tarda amb el cel ben sargit de bromotes, algú li preguntava en sortir de l'era amb els animals carregats de fem:

—Què, Tonyo, ens mullarem?

—Ca, home, ca! Això només és pesta!

I ja te'n podies anar tranquil al tros, que la xafogor seguia. Era també un expert en la mesura del temps. Si feia sol, era exacte com un rellotge i, a tot estirar, només es descomptava d'un quart. Un dia, mentre feia ram, em va explicar el secret del seu rellotge, que no fallava mai:

—Fixa't que tant el poble com el terme cauen sota la Roca, que els tanca pel nord. Doncs bé, tant a l'estiu com a l'hivern, el sol arriba a Malpui a la mateixa hora: a les vuit del matí. Perquè a l'hivern treu el cap, així que es lleva, pel portell del Grau. En canvi, a l'estiu, quan arriba al poble, ardent com una bafarada de dimoni, ja fa estona que escalfa el clatell de Roca-roia. Així, doncs, a les set el sol arriba al riu Noguera (només a l'estiu); a les vuit, com t'he dit, al poble; a les nou, a l'ermita de l'Espluga. A partir d'aquí t'has de fixar en les ombres de la Roca; a les deu, el sol il·lumina el Ginebrot de les Deu; a les onze entra pel forat de la Guineu i a les dotze has de veure el mugronet de l'Orri sense cap ombra. A la tarda, per saber l'hora exacta, t'has de posar la mà plana amb els cinc dits estirats davant dels ulls, a un pam de la cara, i fixar-te en l'espai que queda entre el sol i el fil de la serra. Cada distància de mà vol dir una hora de sol. Si ho vols més exacte, fixa't que cada través de dit correspon a un quart. I ja som al cap del carrer!

—I els dies de pluja, com ho feu, padrí?

—Em guio per la gana, fillet. Llavors el païdor és el millor rellotge.

Em vaig atalaiar aleshores que el meu padrí tenia els ullets quasi colgats dins les parpelles i vaig pensar que se li havien anat enfonsant de tant mirar el sol per saber l'hora, durant les llargues tardes d'estiu.

Tal com m'havia promès de xic, el meu avi em portà un any a plegar moixernons. Era a primers de maig i, com que cada tarda feia un ruixat, era molt probable que ja se'n fes. Per altra banda, aquella primavera la meua salut havia experimentat una millora. A les nits la tos em deixava dormir, tenia prou ganeta i, com observava padrina, em lluïa més el pèl.

Vam sortir de casa de bon matí i, encara amb la fresca, vam pujar el Golerot dels Llops. De seguida m'ensenyà a distingir les llunetes d'herba més fosca. Al principi, no hi havia manera de veure'n cap.

—Vas massa de pressa! —em feia, mostrant-me els bolets que plegava per on jo ja havia passat—. Recorda que el moixernó no és tan fàcil de trobar com la carreta o el rovelló. S'amaguen sota l'herba com una llebre al jaç. «El moixernó no vol corredor», fillet! Aquesta és l'única feina del món que no es pot fer barrim-barram.

Després n'anava trobant algun; ell, però, regirava el fenàs com un porc fer i sempre en plegava darrera meu.

En vam omplir un parell de cistelles i vam enfilar el camí de tornada, abans que el sol no escalfés massa.

—Te'n recordaràs, de les moixerneres? Mira que jo potser ja no hi tornaré més!

—Me n'he fet ben capaç, padrí. No patiu, que les trobaria a ulls clucs! Són les mateixes de la Quelona? —vaig gosar insinuar-li.

—Aquella dona les sabia totes, fillet. Hi sentia de nas i ensumava els bolets d'una hora lluny.

Tot baixant pel Golerot dels Llops, mon padrí em va fer jurar que, per res del món, no ensenyaria mai les moixerneres a ningú que no fos de la família.

—En aquest món, Amat, hi ha dos grans secrets: el de la confessió, que han de guardar els capellans; i el secret dels moixernons!

Poc em podia imaginar jo llavors que el meu destí depenia, precisament, de la combinació d'ambdós misteris.

A l'hora de dinar ja érem a casa i encara vaig tenir temps de triar-ne uns quants i dur-los a mossèn Serafí, perquè la majordona li'n fes una truita.

El darrer any de la seua vida, el meu padrí s'havia arrupit molt. A casa, però, cada nit, encara era ell qui disposava la feina per l'endemà.

—Demà ja podem anar a arrencar les trumfes del Robé —proposava mon germà.

—Les trumfes poden esperar. Demà s'ha de segar l'esparceta dels Escampassos! —corregia mon padrí.

A mesura que perdia facultats, es tornava molt maniàtic. Tenia la dèria que, quan ell faltés, a Ca la Tonya ballaríem tots els goigs de sant Prim:

—Passareu més fam que els gossos d'Escart! —ens repetia sovint.

Dia rera dia, s'anava fonent com una candela. El darrer estiu abans de morir ja no tenia esma d'anar al tros.

S'aixecava tard, anava xano-xano fins a l'era recolzant-se en la mangala i s'asseia al pedrís de la plaça amb la mirada perduda.

—Què, Tonyo, s'hi està bé, a la fresca?

I ell no contestava perquè s'havia tornat més sord que una campana. Arrupit al pedrís, amb aquella gorra musca de l'any de Mariacastanya i aquells ullets de talp, semblava impossible que aquell vellet hagués pogut ser el botxí de tants olivers.

VII

PER LA MARE de Déu d'agost, a les set ja és fosc. Amb el xàfec de finals d'agost comença l'agonia de l'estiu. Aquesta tronada és el primer avís, el primer toc de missa perquè s'afanyin els romancers que encara no han acabat de batre. D'ara endavant, el dia ja s'aixeca més tard i al matí trobes els rostolls xopats d'aigualada. Les garbes es grillen als cavallons i a l'entorn de les garberes creix tota una verdor de blat renadiu, esperançat d'una nova primavera. Dintre de poc, l'arada s'encarregarà de desenganyar-lo.

Les garbes s'han enrellentit i, un cop a l'era, ja pots donar les tocades que vulguis, que no hi ha manera de fer una bona palla. Els animals donen tombs i més tombs, però la palla no hi ha Déu que la trenqui. Es formen com unes cordes allargassades que s'entortolliguen a les potes de les bèsties i, al final, ho has de deixar córrer. Plegues la batuda amb una palla, que serviria encara per fer vencills.

Pels volts de la Mare de Déu de setembre, la gent gran ja se sol estar de berenar.

—Si tens gana, mossega't a la cama! —recordo que em responia la padrina, quan a mitjans de setembre li seguia pidolant la llesca de pa amb vi i sucre. I afegia—: Ara ja et pots acampar a fora.

La canalla de Malpui, que tot el sant dia rosegarien, ara s'han d'espavilar pel seu compte. Escamotats pels marges i camins com un ramadet de cabrits, s'omplen el pap de móres, figues i prinyons. A primer foscant tornen tots cap al poble amb els morrets empastifats: semblen porcellets que vénen de furgar pel terme.

En aquesta època, tothom, fins i tot els més tocatardans, ja llauren els rostolls. D'aquesta primera llaurada, la gent de la Comella en diuen «trencar». Després «mantornaran», és a dir, remouran la terra per segona vegada i, finalment, a mitjans d'octubre, sembraran la llavor. En aquesta època, l'estampa del parell de mules amb l'home aferrat a l'esteva de l'arreu es multiplica per tots els racons de la Comella. Els llauradors criden i reneguen: baladregen tota mena de sacarions i juraments. Des de qualsevol indret del terme, sentireu la mateixa lletania.

—Osque, osque!...

—Llaollà!...

—Morena, puja damunt!...

—Amén de Déu t'arrebentessis, Castanya!...

—Me cago en la mare que et va pollinar!...

Els homes de Malpui tenen el costum d'estrenar cada temporada el parell de llaurar. Una de les mules, l'han comprat de pollina a Salàs per la fira de Quaresma i ara la fan llaurar per primer cop. A començaments d'estiu ja l'han afaitat fent-li traginar fem i herba. Després li han fet portar garbes. Pel batre, l'han estacat a la coçà i ha corregut enjogassada sobre la palla. Ara, però, això d'anar junyida sota el jou al costat de la seua companya i haver d'estirar totes dues a la vegada, la muleta ho troba molt més complicat. En lloc d'estirar de forma seguida, la pollina dóna de tant en tant unes estrebades fortes, les quals fan anar de tort la mula vella. I a l'amo, li fan pujar la mosca al nas. A vegades, la mula vella, pacient i assenyada, arriba també a perdre la paciència i ambdues bèsties decideixen tocar el dos. Per qualsevol motiu —un moixonot o un soroll les ha espantat— les mules s'esquiven i, en un tres i no res, deixen l'amo renegant tot sol al mig del bancal.

Durant aquest mes de setembre, veure córrer pels camins del terme un parell de mules junyides aixecant una llarga polséguera és una imatge freqüent a la Comella. Per a les dones de Malpui, que ara ja no han d'anar al tros, aquesta escena és com la fruita del temps. Les bèsties es presenten al poble i arrosseguen l'arada pels empedrats, fent sortir espurnes de foc de les pedres, amb un terrabastall que fa esgarrifar dones, vells i canalla. Les fugitives solen fer cap a la seua era i s'aturen a la porta, suades i rendides, amb els morros bleixant. Al cap d'una estona arriba l'amo, rebentat per la carrera i fet una fúria. Se'ls acosta a poc a poc:

—Xica, Castanya, no tingueu por! —diu, tot amoixant-les.

Agafa el morraller i les estaca a l'armella de la porta. Treu la clavilla del timó, estira l'arada pel darrera i la recolza a la paret del costat. Els aixeca les potes i comprova si s'han fet mal amb la rella. Si s'han enrellat, sí que haurà fet un negoci ben rodó, a fe de Déu! Si veu que les bèsties no han pres mal, agafa un bastó i comença la sessió de garrotades, amanides amb un variat repertori de renecs i sagramentals.

Una feina doncs també ben galdosa, aquesta de llaurar, perquè l'home ha de tractar amb animals de poc coneixement i, a la vegada, barallar-se amb un terra ingrata, més seca que els ossos. S'hi juga dents i queixals, però és conscient de fer dues feines alhora. Si tot va bé, l'any següent vendrà a Salàs una sobreanya mansa i comprarà una altra pollina. En l'operació s'haurà guanyat tres unces.

Una tarda de primers d'octubre de l'any 1918 me'n vaig a estirar les cames fins a la Mare de Déu de l'Espluga. Els trossos de la Comella han canviat d'aspecte el darrer mes, igual que tots els arbres que perden la fulla a l'hivern. La monotonia dels rostolls, de color de palla bruta, ha donat pas als colors directes i elementals de la terra. Hi ha camps vermellosos igual que una teulada nova; altres, en canvi, són d'un color blanc, argilós, amb tot de terrossos brillants com una patena. Els ceps, arrenglerats de cap a cap de les feixes i pigallats de pàmpols grocs, amaguen foscos penjolls. Només els olivers segueixen immutables, fidels a la seua grisor vaporosa. Tal volta, potser, les seues voluminoses tosses han perdut un xic la lluentor de l'estiu. A desgrat d'això, no sembla pas que mostrin cap neguit especial per l'acabament del bon temps. No els fa cap por l'hivern i el desafien amb totes les seues fulles i amb les branques torçudes de fruit. Dels camps, puja una flaire de terra fresca, acabada de llaurar. Mentre el sol, a un pam del fil de la serra, té més pressa per anar-se'n a jóc.

Aquest any, al paisatge habitual de la tardor, s'hi han afegit uns altres arbres, punxeguts i metàl·lics, tan alts que fan dentetes als mateixos clops. Els senyors de la Companyia van aconseguir, finalment, que totes les cases de Malpui els signessin el permís de pas pels seus trossos. Això sí, la Companyia va haver de rascar-se la butxaca, sobretot amb la vella del Pessetes. La dona, que no es mocava pas amb mitja màniga, s'havia ficat al cap que per la pilona de la Quadra li havien de donar doscents duros i no cinquanta com li'n prometien. Quan els treballadors ja feien els clots de la torre, ella se'ls posava al forat i per treure-la'n havien de cridar la Guàrdia Civil. Però, és clar, l'autoritat no podia pas fer-la marxar de la seua pròpia argenda, i ella nyic-nyic, tot el dia sense parar. Finalment, després de molt regatejar, la Companyia hagué de pagar bitllo-bitllo el que la vella exigia.

En poc més de mig any, una brigada de jornalers han cosit el terme de cables i pilones. Ara, des d'ací dalt, la vall de la Comella sembla un tapís de tots colors, amb una embasta barroera de fils lluents que la travessa de cap a cap.

En tornar de l'Espluga, trobo ma padrina al pedrís de la plaça, filant la llana dels mitjons per a l'hivern. Té el cistellet de la llana a la vora i fa ballar el fus amb les mans. En això de treballar la llana, la meua padrina té unes mans de plata. Per fer-la posar de bon humor, li engego aquesta salutació:

Fila, padrina, fila,
que com més filaràs,
més pobra seràs.

A diferència del seu home, la vella Tonya havia estat sempre molt poqueta cosa. Era de poca vida i no menjava mai gaire. Sovint mon padrí li deia, en veure-la tan llepafils:

—Tu sí que, pobrota, no tens panxa ni budells!

Aquesta tarda està contenta que li vulgui fer companyia i jo ho aprofito perquè m'expliqui coses de la seua època. Si vol, en sap més que un foc no en cremaria.

«Com saps molt bé, jo sóc la filla gran de Cal Tardà de Sant Roc. No vaig fer pas gaire bon negoci de pujarme'n a Malpui, perquè les dones se n'han d'anar cap avall, com l'aigua del riu. Els pobles, fillet, com més amunt es troben, més fort han de cantar els goigs de sant Prim. ¿Ho veus ta mare, com ha baixat de la muntanya? Ella ha fet millor sort que jo, a fe de dena! És clar que a Ca la Tonya, no en podem pas dir cap mal de la Maria. Tot el contrari: ni que ens l'haguéssim anat a triar al bosc, ens hauria sortit més treballadora...»

Parla molt de pressa, a estrebades, amb una veu escardalenca com de xaramella. Ara treu la fusada completa i la fica a la cistella.

«Ton padrí, de jove, era un matalot que feia tronar i ploure, i de gran, no n'ha perdut pas gaire. Tenia fama de ser l'home més forçut i arrencapins de la Comella. Abans que jo, havia anat darrera de la pubilla del Sord, i fixa't si n'estava d'aquesta mossa, que llavors ton padrí hauria deixat argenda i casa per baixar-se'n a Sant Roc. Però els "sords" volien millor partit per a la filla i no estaven per orgues ni per tonyos de Malpui.

»Figura't si n'era bon tros de bèstia, ton padrí, que un dia es presentà a casa el Sord quan tornaven del tros amb els animals carregats d'olives. Amb una revolada, el Tonyo arrencà la càrrega d'una mula, sense deslligar els sacs del bast, i se la col·locà sobre la seua esquena. I així, carregat amb quinze arroves, va donar un parell de tombs per l'era, per demostrar la seua força. Després, es descarregà els sacs i preguntà tot rabiós a l'hereu del Sord:

»—Ara que heu vist el meu nervi, ¿em voldreu per jove?

»—Per jove, ja t'he dit que no. Ara, si et vols llogar per ruc, això prou! —va fer el vell.

»Després d'aquest moc, el Tonyo ho va deixar córrer

i des de llavors, amb el Sord no s'han badat més boca. Al cap de poc temps es va fixar en mi.»

Aquí la padrina somriu una mica, aixeca els ulls de la feina i deixa de fer moure els dits. S'adona que jo escric i es pensa que no l'escolto. Em retreu que sempre estigui amb la fal·lera de les lletres. Li explico que sí, que l'escolto i que dibuixo lletres per entretenir els dits, de la mateixa manera que ella fa anar el fus. Si li intentés explicar que les seues històries poden ser «dibuixades» sobre un paper, no s'ho creuria.

«Et deia que, ton padrí, ja el coneixia, perquè tota la jovenalla de la Comella s'han conegut sempre. Un any vaig pujar a l'aplec de l'Espluga i els meus pares, com que ja era grandeta, em van deixar quedar al ball. Era en aquesta mateixa plaça, ho recordo com si fos ara... Durant la mitja hora, els xicots jugaven al borinot i les mosses ens ho miràvem des dels pedrissos. Ton padrí era al mig del joc i no hi havia pinxo que tingués prou mans per treure-li la barretina del cap. Quan el jugador que tenia a la dreta o el de la seua esquerra ho provaven, ell estirava el seu braçot de gegant i els endinyava una clatellada que els feia amorrar al terra. Les xicotes i la canalla ens partíem de riure, des dels pedrissos. Aquella nit, ton padrí se'n féu un bon tip, de repartir llenya. Al final, restà palplantat com un estaquirot, al mig de la plaça, perquè ningú no s'atrevia a jugar amb ell.

»Quan els músics van tornar a la plaça, ton padrí s'atansà tot decidit al pedrís de les mosses i em demanà el ball. Ho vaig trobar estrany que es fixés en mi precisament, però no li vaig donar pas carabassa. Els fadrins de Malpui havien llogat l'orquestra de Salàs, perquè aquell any hi havia hagut bona collita. El Janoi, que de corrandes en sabia un niu, encetà el repertori:

De cançons i de julies
tota una quartera en sé,
les butxaques en tinc plenes
i un sac en desgranaré.

»En acabar el primer ball, me'n vaig tornar al pedrís de les xicotes, i ton padrí darrera meu com el porquet de Sant Antoni. El pobre Tonyo havia de ballar una mica encorbat, com si em mirés per un balcó. Em feia rodar com una baldufa. De tan contenta que estava, no cabia dins d'aquell vestit nou que estrenava aquella nit.

A l'obac es fan els boixos
i al solà creixen romers
i a la plaça de Malpui
hi ha fadrins alts com xiprers.

»Ton padrí no em desemparava ni per anar a fer un riu, sempre sobre meu, com el pal·li de Corpus. Tothom ens mirava i jo era la doneta més feliç del món. Als darrers balls de la matinada, el Janoi ens dedicà una de les seues pocasoltades:

Ai, Victòria, Victorieta!
no et deixis embabaiar,
que tots els xicots d'ací
passen fam i no és de pa.

»En tornar cap a Sant Roc, la Girònia, Déu l'hagi perdonat, em va dir:

»—Fèieu una pinta ben orca. Semblàveu el parell del matxot i la ruqueta.

»L'endemà, tot el dia em brunzien les orelles:

A Sant Roc hi tinc la caixa,
a Llenasquer el cobertor,
i a Malpui, sota la Roca,
hi tinc el festejador.

»Ton padrí, durant tota la tardor i l'hivern, no el vaig tornar a veure ni en forat ni en finestra. Amb el bon temps, el Tonyo donà altre cop senyals de vida. Llavors vaig començar a trobar-me'l pertot arreu: al mercat de la Pobla, al tros de les Collades, a la festa de Pasqua... Se m'apareixia més que un ressuscitat.

»Un dia mentre regava, se'm va presentar a l'hort, calent com un gossot. I jo, si et plau per força, em vaig deixar arribar el ruc a les cols. Estirats al peu del marge, aquella tarda vam fer Pasqua abans de Rams... Ens vam casar a corre-cuita i quan la ramada del Tor pujava de l'Urgell, la Victòria del Tardà ja era mestressa de Ca la Tonya.

»Em vaig casar amb ton padrí "l'any de les cuques". Suposo que ja n'has sentit parlar, d'aquella plagota... En aquests pobles, ja se sap, quan no són figues són raïms... Per l'Ascensió havíem prou fet les processons de les "lledanyes" per matar les cuques, però aquell any es veu que no n'hi va haver prou. A principis d'estiu, es presentà a la Comella una plaga de llagostos que assolaven vinyes i sembrats. Venien de la Conca en grans eixams, amb un fressejar d'ales que semblaven bromotes famolenques vomitades pel mateix diable. En un parell de dies van deixar el terme de Sant Roc més pelat que una pedregada seca. A Malpui i Llenasquer, tots teníem el cor com una llentilla. Tots dos pobles van determinar de fer conjuntament una solemne processó a l'Espluga, cantant les lletanies dels Sants.

»Quan ambdues processons es trobaven davant de l'ermita, el capellà de Malpui prengué la iniciativa de les pregàries. Armat del salpasser, començà a comunir els insectes llançant tota mena de conjurs i sagramentals en la llengua sagrada. Un cop tingué la plaga dominada, el sacerdot es girà cap a la multitud i preguntà neguitós:

»—Cap a on les voleu fer anar?

»Era realment una situació compromesa, perquè ni la gent de Malpui ni els "saltabancals" de Llenasquer no estaven disposats que els seus camps servissin de cabanera a aquell exèrcit famolenc. Entre la multitud hi hagué uns moments de tensió i ningú no gosava dir res. Al fons del terme, se sentia la bonior destructora dels llagostos... Sort hi va haver que el vell del Xollat va tenir una ocurrència providencial:

»—Foteu-los a la Roca! —cridà des del darrera de tot.

»Llavors, el sacerdot es girà d'esquena al terme i a cops d'asperges assenyalà a les cuques el camí de la penya... Diuen que les savines dels feixancs van quedar més plomades que un bastó de tintilaina».

Ma padrina ha desat el fus i la llana a la cistella. El sol ja s'ha colat a la serra i aviat caldrà anar a encendre el foc i preparar el sopar. Ella, però, segueix xerrant com si li donessin corda. Ara em mormola baix baixet, no fos cas que les parets la sentissin:

«Saps, fillet, per què no em feia gaire gràcia de pujarme'n en aquesta casa? Doncs perquè havia sentit explicar de molt xicarrona que a Ca la Tonya de Malpui tenien una tovallola que havien robat a les Encantades de Llaumaior. I que mentre conservessin aquest drapot, la casa no es podria arruïnar, però tampoc fer-se gaire rica.

»El primer que vaig fer, en arribar en aquesta casa, fou

cercar aquest drapot per tots els calaixos i racons. Vaig posar la casa panxa al cel i no hi va haver manera de trobar-lo ni en palla ni en pols... Però estic segura que en aquest casot hi ha d'haver algun malaverany! Quan se'm va morir el Claudi, ho vaig tornar a remenar tot, i també fa poc, quan tu et vas posar malalt, però ara ja no hi veig gaire. Busca'l, fillet, tu que tens bona vista. I si el trobes fot-lo al foc!».

Li dic que ara ja m'he curat, que fa dies que no estossego i que m'ha vingut una fam de cadell.

Padrina recull el cistellet de la llana i tornem tots dos xano-xano cap a casa. Davant de l'església trobem el Tonyo orinant al mig del carrer.

—Dos vells i un malalt! Una bona creu per a Ca la Tonya!— deu pensar qualsevol que ens vegi.

Darrerament, a la vella de la Tonya, li havia crescut un gep a l'esquena que l'obligava a caminar mirant-se els peus. Quan, a mitja tarda, la meua padrina prenia el cistell de la llana i pujava daixo-daixo cap al pedrís de la plaça, semblava un caragolet que surt al sol després de la tronada.

VIII

Verd com el julivert,
ros com mil filets d'or,
fa ones i no és el mar.

—La boira baixa de l'hivern! —vaig fer per provar sort.

—Tires sense engaltar! D'on has tret que les bromes tinguin aquests colors? Vols que et faci escaleta? Mira, hi ha herbes que es mouen com les ones de mar...

—Un camp d'alfals!

—Encara no, però ja et comences a escalfar. Pugem un altre esglaó: es torna de color daurat...

Llavors hi vaig caure:

—Ah, és clar! Una feixa de blat!

Aquella tardor havíem encetat el tupinet de les endevinalles. Mossèn Serafí em feia veure que aquests trencaclosques populars combinen de forma magistral la lògica i la literatura.

—Fixa't que en l'enunciat de l'endevinalla no dius de forma explícita el nom de la cosa. Ho has de fer mitjançant imatges que s'hi assemblin. D'aquestes semblances, els especialistes en diuen «metàfores» i són la quinta essència de la literatura. Les endevinalles són les definicions poètiques de les coses. A veure aquesta altra:

Una vella amb una dalla
que nit i dia treballa.

Aquesta sí que la sabia, però no em donà temps de contestar, perquè trucaven a la porta. Era el bordegot de Perutxo, blanc com un paper de fumar:

—Corri, mossèn, que oncle Arnau està molt greu!

Vam córrer a preparar els Sants Olis:

—Maleïda vella —mormolà mossèn—. No pot deixar-nos mai en pau!

El primer que va morir fou el cabaler de Perutxo, un home cepat i valent de poc més de quaranta anys. A tots els veïns de Malpui, aquesta mort ens féu posar els cabells de punta. Volia dir que no es tractava pas d'un catarro qualsevol, sinó d'una passa que es portava l'oli, d'una grip maligna i mortal. No obstant això, els símptomes eren els mateixos d'una grip normal de tardor. Això sí, amb una febre de caliu i amb un mal de cap tan fort que els malalts patien mort i passió. Per Sant Andreu, gairebé tot el poble jeia empiocat.

Al cap d'unes quantes defuncions, van determinar de no tocar a morts per no esverar els malalts. Les persones finaven llavors silenciosament. Amb les campanes callades, el poble encara semblava més mort i els malalts es malfiaven d'aquest sobtat emmudiment.

A casa es van posar tots malalts, llevat de mi. Van estar allitats prop d'un mes i l'Amat va haver de tenir cura d'ells i de les bèsties. Tot el dia havia d'anar amunt i avall, de la cuina a les habitacions, i de la casa a l'era. Havia d'estar per ells i fer-los el menjar. No donava l'abast a fer bullir tisanes. Sort vaig tenir que la jove de Vaitot em matava les gallines per al brou i em donava un cop de mà per rentar-los la roba. Com si no n'hi hagués prou, havia d'anar un parell de cops cada dia a l'era a apariar les bèsties. En una esgarrapada donava menjar i beure a gallines i conills, plegava els ous del nial, arreglava el porc, abeurava les mules... Anava de bòlit tot el sant dia i no tenia pas temps de pensar en res més. Però, en el fons, estava content perquè els meus em necessitaven i jo ara els era indispensable. Ells també em tractaven diferent, sobretot ma mare:

—Abriga't, Amat, quan vagis a abeurar, que si tu caus, no sé pas com ens en podrem sortir.

Ella i mon germà aviat van poder llevar-se, però els padrins hi van deixar la pell. El meu padrí semblava que ja havia reviscolat, quan un matí l'àvia se'l trobà al seu costat fred com un vidre. Dos dies després aclucava els ulls l'àvia, callada i arrupida com un polletet. En ambdues ocasions, vaig haver de passar pel poble a fer les invitacions per a l'enterrament. Vaig encendre una espelma, la vaig posar dins d'una cistella perquè el vent no me l'apagués i vaig passar casa per casa. Després de trucar a la porta, xiuxiuejava, perquè no em sentissin els malalts:

Us venim a convidar
de la part de Ca la Tonya,
com tenim per bon costum,
a l'església i al fossar.

En aquelles cases que érem parents de lluny i que encara ens ajudàvem el dia de matar el porc, havia de dir que els convidava «a la taula, a l'església i al fossar».

Pels funerals, vaig haver d'anar a Llenasquer a cridar el rector, perquè mossèn Serafí també s'havia posat malalt. Mossèn Miquel era un home robust i ben plantat. Barba-serrat de la cara com un rostoll d'alfals, malgrat que s'afaités cada dia. No sé ben bé per quins motius s'havia posat de través amb el poble i tothom n'explicava penjaments. Deien que dormia amb la majordona i que contínuament els donava mala vida amb la seua màgia diabòlica. Fins i tot, uns quants veïns se n'havien anat a trobar el bisbe i li havien demanat que els tragués del poble aquell diable amb sotana. Des de llavors, a Llenasquer es pedregaven cada any.

Per això no em feia gaire gràcia que fos ell qui enterrés els meus padrins. Però, és clar, un capellà o altre ho havia de fer, no podia pas colgar-los com el matxo vell! Els vam sepultar cuita-corrents. Hi érem tan pocs que vaig haver d'ajudar-los a portar els taüts.

—Teniu sort que no se us n'ha mort cap de jove —ens deien els veïns en donar-nos el condol.

—Tanta gràcia com Déu els ha fet! —responia ma mare. I pensava: «Pel que hi feien, en aquest món!».

En total, aquella tardor de 1918, l'epidèmia de grip havia fulminat una dotzena llarga de persones, la majoria vells. A Sant Roc i Llenasquer no havien tingut pas millor sort. A poc a poc, el poble s'anà reanimant. Per Santa Llúcia, quan els més famolencs ja mataven el porc, a Malpui no quedava ja ningú al llit. La canalla tornava a córrer i a baladrejar pels carrers i la gent gran es disposava a oblidar, com un malson, aquella tardor funesta. Allò que diuen: «Vés-te'n Ramon que el qui es queda bé es compon». Al cap i a l'últim, la pestota s'havia emportat, més que res, els padrins, els vells de la gorra musca i les velles del gipó. Velles com la meua padrina, tan antiquades que els diumenges i festanyals encara es posaven el caputxó per anar a missa.

En poc temps s'havien hagut de cavar moltes tombes. El cementiri s'omplí de gom a gom i no s'hi hauria pogut enterrar ni un albat. Per això, a la primavera, començarien a construir-ne un altre de més modern, amb nínxols i osseres per a cada família. El lloc escollit fou el Serrat dels Romers, a deu minuts del poble. Mentrestant, el fossar vell, que estava entaforat entre les cases darrera mateix de l'església, es convertí en un niu de porqueria. La gent s'acostumà a llençar-hi padellassos i llaunes, orinals foradats i altres deixalles que no podien aprofitar per a les bèsties. Hi van créixer ortigues i una figuera, on al capvespre s'apolleraven els pardals amb un guirigall de mil dimonis. Només al cap d'un any, ens queia la cara de vergonya en pensar que sota aquell galliner s'hi podrien els nostres avis i besavis, tots els que ens havien precedit durant segles en la història del poble.

Tanmateix, però, de tota aquella dotzena de morts que se n'havien anat al clot, n'hi havia un que em feia ballar el cap. Una nit, l'hereu de la Roieta no va tornar a casa i l'endemà al matí el van trobar surant a la bassa d'Hortell. Era realment ben estrany que un home de la seua corpulència s'hi pogués ofegar. A més a més, la bassa no tenia ni deu pams de fondària. Alguns deien que li devia haver agafat un mal i, com que el camí passava pel costat del bassal, hi devia haver relliscat fins al fons. Altres donaven la culpa a la grip, la qual el devia haver fet caure en basca dins el toll. Tot plegat, aquest nou accident em semblava molt estrany.

Només faltava, per acabar-ho d'adobar, que en el dinar de l'enterrament em donessin pollastre amb moixernons. Eren moixernons secs, és clar, perquè érem a l'hivern. Potser no cruixien tant com els tendres en mastegar-los, però feien la mateixa olor que si fossin acabats de plegar. Aquella olor tan especial que feia obrir el meu esperit de curiositat, de la mateixa manera que l'olor de carn rostida sempre m'ha fet obrir la gana.

Havien passat uns quatre anys d'ençà de l'accident del pastor del Batllevell, estimbat al Salt de la Baciva, i ara aquesta nova mort tornava a fer pudor de cremat. De totes formes, era encara massa aviat per aventurar una resposta, perquè l'entrellat dels crims tot just si començava a teixir-se. Com anireu descobrint en la lectura d'aquestes pàgines, aquesta endevinalla havia de tenir moltes més ratlles.

Per altra banda, amb la desaparició dels padrins, a Ca la Tonya vam quedar ben amples. Fins aquell hivern, mon germà i jo dormíem a la mateixa habitació, perquè a casa només teníem tres cambres, totes tres al pis de dalt. Tan aviat com va quedar buida l'alcova dels padrins, la vam blanquejar amb calç i me n'hi vaig anar a dormir. Aquest canvi em va anar com l'anell al dit, perquè d'aquesta manera, les nits que no tenia son, podia llegir els diaris i llibres que mossèn em deixava, i també podia escriure alguna pàgina del meu quadern. El mateix quadern que ara rellegeixo i que m'és de molta utilitat en explicar-vos la meua vida. Mossèn Serafí em donava cues de candela, bocins de ciri i rosegons de cera que ja no servien per a l'església, i jo fonia la cera i me'n feia espelmes noves.

L'hereu de la Tonya es lliurava de fer el servei militar. Aquesta notícia tan sonada s'havia escampat feia uns mesos com taca d'oli, per tots els racons de la Comella. I no és pas que mon germà estigués malalt ni per cap altre motiu semblant, sinó perquè a Ca la Tonya «havíem comprat un soldat». Aquella tardor li tocava d'embarcar-se cap a l'Àfrica amb un altre company de la seua quinta, el Jaume de Tabola. La vetlla de marxar, el pobre Jaumet va passar per cada casa del poble per acomiadar-se de tots els veïns. Recordo que em va semblar que feia la mateixa cara de pena que la Plapadeta el dia que se l'endugué el carnisser de la Pobla.

A casa, ma mare va treure l'ampolla de ratafia i el vam convidar a una copeta:

—Beu, home —l'animava mon germà—. I a veure si estripes un bon tarter de moros. Mata'n uns quants per mi!

—Potser seran ells els qui em faran la feina a mi!

—Mai tant, home, mai tant! Ja veuràs com ho passaràs la mar de bé amb les mores!

Realment la dissort de casa Tabola era d'aquella mena de desgràcies que us trenquen el cor, de forma que bé es mereix ara que us en faci cinc cèntims. Resulta que després de la pesta de la fil·loxera el pare del Jaumet s'afanyà de replantar l'argenda amb vinya americana. Quan ho tingué tot plantat, se n'anà a l'Argentina, on coneixia uns amics de Salàs, per tal de guanyar-se la vida.

—Tornaré quan els ceps faran fruit! —prometé als seus.

Van passar els anys, la vinya va prosperar i els ceps bords foren empeltats per la jove, que s'havia quedat sola casa amb el Jaumet. Després, van fer raïms, però l'hereu no aparegué. Farta d'esperar, la jove decidí d'enviar el Jaumet a l'Argentina a buscar son pare. Perquè el nen pogués convèncer millor el desmemoriat hereu, la mare li va donar el xoriç del vistaire i una bóta plena de vi, el vi dels ceps que ell havia plantat abans d'anar-se'n.

El Jaumet s'embarcà a Barcelona, sol i tan esporret d'experiència com un moixó caigut del niu: només tenia quinze anys i no havia sortit mai de casa. Com a tot pallarès, la visió del mar li produí un fort impacte. Recolzat a la barana de proa, contemplava embadalit l'horitzó, mentre el vaixell sortia del port.

—Redéu, quina bassa! —exclamà.

Eren exactament les mateixes paraules que quinze anys abans havia pronunciat mon oncle Claudi quan l'embarcaven cap a Cuba. L'endemà, però, el Jaumet ja n'estava tip, d'aquella esplanada erma i del balanceig inútil de les ones.

Al cap d'uns dies de trajecte, va conèixer un altre muntanyès que anava al mateix vaixell. Era un cabaler de casa Xirina de Xerallo, el qual anava també a l'Argentina a fer fortuna. Van començar parlant d'aquestes serres i de seguida van ser carn i ungla. Al de Xerallo, però, no li provava gens la travessia, de manera que el pobre estava tot el dia marejat com una sopa i no se li aguantava res a l'estómac. Només se li posava bé el xoriç i el vi de Malpui. El Jaumet no va tenir cor per dir-li que no i vinga talls de xoriç i traguets de vi! Quan van arribar a port, havien fet net de tot plegat. I és clar, el pare del Jaumet, sense aquest esquer, no va voler tornar a casa. Potser ho hauria fet igualment: li anaven massa bé les coses i no pensava pas tornar-se'n a cavar ceps per aquelles costes de sota la Roca. I, de dones i canalla, bé en tenia prou allí, massa i tot! Diuen que el pare fins i tot va intentar de convèncer el Jaumet perquè es quedés amb ell, però el xiquet, tant sí com no, se'n va voler tornar cap a Malpui. Al cap de quatre mesos, ja tornava a estar arrapat a les faldilles de sa mare.

I tornem a Ca la Tonya, on les coses anaven ara com una seda. Gràcies a una bona bossa de diners, aquell estiu mon germà podria agafar altre cop la dalla, en lloc del fusell. Casa nostra havia estat la primera casa de Malpui que havia deslliurat l'hereu per aquest sistema de la quota i ja podeu comptar que en tota la Comella no es donava altre peix al gat. Tot déu volia saber d'on havien sortit els tres-cents duros de la quota i cadascú hi deia la seua. Que si era obra del famós drapot de les encantades per compensar la meua malaltia, que si eren els ralets que mon padrí tenia arraconats des de la mort d'oncle Claudi, que si la Quelona ens havia deixat un sac ple de dobletes d'or, que si havíem amprat els diners al Batllevell, que si naps i que si cols. Fins i tot, algú va explicar que havia sentit dir que l'any de la picor, a Ca la Tonya, havien trobat una olla d'or vora l'ermita de l'Espluga.

Els de casa, però, de tot aquest bum-bum no en feien ni cas i anaven treballant a preu fet. Quan algú els insinuava alguna cosa, l'enviaven de seguida a porgar fum. De tant en tant, ma mare mormolava:

—Si l'enveja es tornés tinya...

També el qui us parla, aquell estiu feia cara de bon any i els pogué fer una mica més d'esqueneta en les feines de la sega. M'aixecava com ells a punta de dia i me n'anava al tros per ajudar ma mare a lligar les garbes. Després de fer deu hores, quan les cigales em començaven a atabalar, me'n tornava xano-xano cap a casa. Llavors anava a veure el rector i fèiem petar la xerrada fins a l'hora de dinar. Mossèn Serafí estava orgullós dels progressos que jo havia fet en tres anys.

—No sembles el mateix, Amat —em deia sovint, tot satisfet.

Un dia, després de fullejar-me el quadern, em digué:

—La teua llibreta no m'acaba de fer el pes...

—Encara és un esborrany! —vaig saltar de seguida.

—Ja ho sé. Però veient només els apunts que ha pres

un pintor, ja et pots imaginar el retrat que farà després. Per més que s'esforci, no serà més exacte que la imatge que el seu ull veu o bé que una fotografia.

—¿Això vol dir que la pintura és inútil, després de l'invent de la cambra de fotografiar?

—Segons quina classe de pintura, potser sí...

Començava a lligar caps:

—És a dir, que la literatura que només copia la realitat no treu cap a res! —vaig aventurar.

—Home, entre poc i massa! —matisà ell—. El que et vull dir és que amb els cinc sentits no n'hi ha prou per copsar la realitat. La vida és més complexa. El bon escriptor no s'ha de conformar a calcar el que passa (a ell i als altres), sinó que ha de crear mons nous...

En aquell moment la majordona cridà que el dinar ja era a taula. En un tres i no res, davallàvem de la nostra torre espiritual i consideràvem la necessitat real dels nostres estómacs. Sense adonar-nos-en, havíem estat més de dues hores enraonant. (Per cert, el meu mestre, l'encantava la paraula «enraonar».) M'acompanyà fins a la porta i, abans d'acomiadar-nos, em donà el darrer consell d'aquell dia:

—A la teua llibreta, li manquen unes engrunes d'imaginació, Amat. L'hivern que ve, t'haurem de donar unes lliçons de fantasia.

El dia de Tots Sants de 1919, mossèn Serafí féu un sermó molt especial, que ens faria oblidar, a tots plegats, les angúnies de la tardor passada:

«Estimats germans, petits i grans: Se us coneix d'una hora lluny que esteu amoïnats, perquè ens trobem ja a les portes de l'hivern. Primer fou la pluja de xim-xim, després el vent de port i, des d'aquesta matinada, la primera neu de la temporada blanqueja l'obaga de Montseré. Mentrestant, les nits es fan cada cop més llargues que una Quaresma sense pa. Caldria que tots plegats ens disposéssim a passar l'hivern millor que els anteriors. Que, fins i tot en aquesta estació glaçada, poguéssim treure faves d'olla. Per aconseguir-ho, només cal que ens preparem, i no solament amb aliments per al cos, sinó també per a l'esperit.

»És amb aquesta intenció que el vostre humil capellà us proposa de fer un tracte. O un joc, digueu-ne com vulgueu. Mireu, germans, a Malpui hi ha actualment vint cases, com vint són les setmanes que separen Tots Sants de Sant Josep. Doncs bé, es tracta que cada dissabte, tots els veïns del poble que en tinguem ganes, ens trobem a la vora d'un foc per explicar contes, rondalles, històries, llegendes i qualsevol altra fotesa que ens ajudi a passar l'estona. Cada setmana canviarem de casa i obrirem un nou tupinet de rondalles. I no us preocupeu, que, així i tot, no ens les acabarem pas totes, que, d'aquestes viandes de l'esperit, n'esteu més ben proveïts vosaltres que el rebost de Jaumet d'Astell.

»No cal pas que afegeixi que la casa escollida s'haurà de fer càrrec de la col·lació. Procureu, per tant, de ser previsors a l'hora de triar el dia per matar el porc. No oblideu el refrany: "Al·leluia, al·leluia, qui no mata porc no menja xulla".

»I com que jo mateix vull predicar amb l'exemple, començaré per casa meua. Demà, havent sopat, la majordona i el rector us convidem a passar la vetllada a la Rectoria. Déu vulgui que l'exemple faci forrolla i que la hivernada se'ns faci més curta que el dia de Sant Tomàs. Que així sigui. En el nom del Pare, del Fill i de l'Esperit Sant. Amén».

—Ja pots fer punta al llapis i preparar la llibreta, que

aquest hivern tindràs feina —em digué en sortir de missa.

A partir del dissabte següent, una colla de xerrameques de Malpui ens trobàvem cada setmana a la vora d'un foc per explicar històries. Tal com havia proposat mossèn Serafí, cada vetllada canviàvem de casa i també de tema de conversa. I així, amb històries de morts i apareguts, amb llegendes de moros i aventures de bandolers i amb miracles de sants, anàvem enganyant l'hivern. No sé si cal aclarir que el rector de Malpui era el que gastava més saliva de tots, perquè, de rondalles, en sabia un niu. A més, el meu mestre era un home que sabia escoltar i també dirigia la conversa. De tant en tant, sempre hi havia algú que et sortia amb ciris trencats. Per exemple, una nit que s'havia de parlar de sants, saltava algú i començava a explicar aparicions de dones encantades. Llavors mossèn l'interrompia amb aquestes paraules:

Això són figues d'un altre paner.
Guarda-te-les per una altra vetllada,
que ja veuràs com ens aniran bé.

La festivitat de Sant Antoni va fer que el dissabte de la setmana dels barbuts es dediqués a les dolenteries del dimoni. La vetllada va tenir lloc a casa nostra i aquella nit se'ns va presentar un invitat molt especial: mossèn Miquel de Llenasquer. El rector havia pujat aquella tarda de passeig fins a Malpui, llegint el breviari. Mossèn Serafí el convidà a berenar i després va fer al·lusió a la vetllada «infernal» d'aquell vespre a Ca la Tonya. El de Llenasquer s'hi mostrà especialment interessat, de manera que mossèn Serafí es va veure gairebé obligat a oferir-li hospitalitat a la Rectoria. El foraster no s'ho féu dir dues vegades i acceptà gustosament la invitació.

Conec tots aquests detalls perquè mossèn Serafí m'ho va contar tot l'endemà. M'explicà, a més, que quan ell li va recordar que caldria enviar algú a Llenasquer per dir a la majordona que no estigués en maldecap, que el rector passaria la nit a Malpui, mossèn Miquel va contestar:

—No cal pas dir-li res. Ja hi està prou acostumada a les meues escapades nocturnes!

Al principi, la sessió resultava ensopida, com si li costés d'arrencar. Sens dubte que la presència del rector de Llenasquer no afavoria pas gens la tertúlia. Tots els reunits feien el romancer i ningú no gosava a entrar directament en matèria. Hom parlava del preu de l'oli, que aquell any rajaven molt poc les olives i es queixaven del vent de port que les havia fet caure a terra.

Vaig pensar que, com a bon amfitrió, em pertocava a mi de dirigir el carro de la conversa, de manera que vaig decidir de menar-lo cap a la porta de l'infern, que era el lloc que aquella nit s'esqueia. Així, doncs, vaig començar jo explicant la llegenda del Forat de la Querota, una espluga molt fonda que hi ha al capdamunt de Roca-roia. El meu padrí Tonyo m'havia contat que aquell antre maleït feia cap al mateix infern, de manera que, si hi llençaves un pigal des de l'entrada, senties un xof al cap d'una estona. Era el soroll que feia la pedra quan xocava contra l'oli bullent de les calderes del Pere Botero. Més d'una vegada, algun valent s'havia atrevit a entrar-hi ni que fos només unes passes. Doncs bé, de tots aquests temeraris, mai més no se n'havia cantat ni gall ni gallina.

No cal dir que un cop trencat el gel i oberta la porta de l'infern, el diable es convertí en el protagonista de la nit. Al Pallars, n'hi ha moltes més de coves com la de la

Querota que duen a l'infern a través de fosques galeries. Hi ha potades de les seus peülles de boc marcades a la roca de Susterris, hi ha ponts construïts en una sola nit com el Pont del Diable de Bellera. Tots hem sentit dir també que el Banyeta sempre buscava borina i s'esbatussava sovint amb Sant Antoni, mentre aquest feia penitència. Sempre estaven com gat i gos, ells dos. Però, a diferència de les bruixes, les malifetes del dimoni afecten més l'ànima de les persones que no pas el cos. Col·leccionista empedreït d'ànimes, el maligne fa contínuament mans i urpes per adquirir noves peces per a la seua col·lecció.

Cap a la fi de la vetllada, ma mare ens va portar unes torradetes de Santa Teresa que ens feien llepar els dits i va treure l'ampolla de ratafia. L'Amat estava més content i satisfet que un gos amb un os, perquè finalment la tertúlia havia resultat animada i entretinguda, i ell hi havia posat el seu granet de sorra. No es podia pas imaginar llavors que, en obrir la porta de l'infern amb la llegenda del Forat de la Querota, havia començat també a cavar la seua pròpia tomba.

I, conta que contaràs, anava passant l'hivern i cada tarda el sol s'entretenia una mica més sobre la ratlla de l'horitzó. La vetllada també s'escurçava una mica perquè l'endemà ja es podia matinar un xic més. D'aquesta manera, amb malifetes de bruixes, amb facècies d'animals i amb la il·lusió de trobar una olla d'or, vam arribar al mes de març.

En fi, tot aquell hivern només vivia esperant el dissabte. Durant la setmana passava les rondalles en net. Les escrivia a ploma, procurant de fer bona cal·ligrafia. Passat Sant Josep, les vaig ficar dins d'una carpeta i les vaig ensenyar a mossèn Serafí.

—Quin títol hi vols posar, a tot aquest aplec d'històries? —em preguntà.

Al principi no en trobava cap d'escaient.

—Ja ho tinc: «Les vint-i-una nits»! —se'm va acudir de sobte, en recordar-me d'aquella famosa col·lecció de contes orientals.

—És enginyós... però potser no és del tot exacte... —va fer ell mentre fullejava la carpeta—. No veig pas que hi hagi hagut aquí cap narrador condemnat a mort, com la princesa Scheherezade que va salvar la pell explicant històries. —Després va continuar amb veu més decidida—: Fixa't en l'argument: «Un grupet de pallaresos, que fugen de l'hivern com si de la pesta es tractés, s'apolleren a l'entorn d'un foc durant vint nits, per explicar històries...». Aquest llibre només pot tenir un títol: *Eicosimeró pallarès.*

Al principi el vaig trobar molt estranyot, fins que el meu mestre em va explicar l'obra d'un escriptor florentí. Llavors em va semblar ben encertat, el títol. Vam embolicar la carpeta i la vam enviar per correu a mossèn Alcover de Mallorca.

IX

AMB el bon temps, la mort va fer novament acte de presència a Ca la Tonya. Un migdia, mentre dinàvem, pujaren a avisar-nos que s'havia mort el padrí de Tornafort i que l'enterrarien l'endemà a primera hora de la tarda. L'avi Ramon era el meu padrí de bateig. Alguns anys de collita havia baixat a donar-nos un cop de mà per plegar olives o per collir raïms. Li agradava molt de venir a Malpui; ell, d'aquestes terres, en deia «la Conca».

—Aquí baix a la Conca colliu de tot —solia dir—. Si tinguéssiu l'aigua de la muntanya, no us mancaria res més que ronya per gratar.

Tant en una feina com en l'altra no hi tenia pas la mà trencada, perquè eren treballs que no havia fet mai a Tornafort. Recordo que el padrí no baixava mai amb les mans buides, sempre ens duia alguna carallada: un pot de carreretes seques, unes almostes d'avellanes, un formatge i altres productes que ací baix no tenim.

Després de rebre la notícia, a casa van decidir que la mare i jo aniríem a l'enterrament. Per la meua part, me'n moria de ganes i em feia molta il·lusió, no pas perquè s'hagués mort padrí, és clar, sinó perquè així podria veure país. Havia passat molt bon hivern, atrafegat amb les llegendes, i a vegades ni em recordava que estigués malalt. A casa tampoc no els costà gaire de decidir-se, perquè un o altre havia d'anar a acompanyar la mare, i ells, com de costum, tenien massa melics per lligar. A més, ens emmenaríem la ruqueta amb l'albarda per pujar a cavall a estones, i la mula vella amb una càrrega d'oli per aprofitar el viatge.

Mitja hora després sortíem de Malpui. Ma mare menava la mula amb trenta quartes d'oli, i jo anava a cavall de la ruca. Feia el posat d'anar a enterrament; dins meu, però, estava més content que un gínjol, com si anés a bodes. Tindria una oportunitat de veure país. Seria el primer cop que podria viatjar per les terres de muntanya de la meua comarca.

A mitja tarda, un cop travessada la Pobla, ens desviàrem una mica cap a la dreta seguint el curs del riu Noguera, per la nova carretera que va fins a Esterri. Poc després, passàrem davant d'una masia entre les penyes i el riu, rodejada però de bons bancals. Allí era ma mare qui anava a cavall.

—Som a la Borda del Ros —em digué—. Ja pots dir adéu a les vinyes i als olivers, perquè d'ací en amunt no en veuràs cap més.

A mi, però, se'm feia del tot impossible d'imaginarme un paisatge conreat sense la tossa arrodonida dels olivers ni les rengleres de ceps. Tenia aquests arbres tan ficats al cap, que em feia l'efecte que n'hi havia d'haver a tot arreu. Llevat de les costes ermes i de la roca pelada, és clar.

Passa a passa, el riu s'enfonsava en el rocam. El corrent s'entaforava cada cop més. Les aigües, que fins feia poc eren d'una blavor serena i tranquil·la, es neguitejaven a mesura que ens atansàvem al congost. Eren aigües escumejants i remoroses, que es donaven pressa per eixir d'aquesta gorja de roques. Empenyent-se a borbollons, com un ramat d'ovelles embogides que travessés un portell de muntanya, perseguides per gossos salvatges.

Seguíem per la carretera nova, tan ampla que s'hi poden creuar alhora, sense necessitat d'avorar-se, dos animals carregats. L'obertura d'aquesta carretera va suposar molts mils de duros, perquè havien hagut de barrinar la roca viva. A l'altre costat de riu, el camí vell amb els seus pontets i paredetes semblava de joguina. «És el camí de ferradura —pensava llavors— que fins fa poc comunicava les terres baixes de la Conca amb la Muntanya. Amb els anys, ¿quantes càrregues de vi i d'oli hi deuen haver pujat? I ¿quants milers de mules hi deuen haver baixat cap a les fires d'Organyà i de Salàs? Durant segles, la flor i nata del bestiar de la muntanya ha unglejat i polit amb els seus cascos les lloses de l'empedrat. Vet aquí, però, que el vell pas de Collegats, que en el seu temps fou una obra d'enginyeria, fa ara un paper ben ridícul al costat de la moderna carretera. És ja una vella andròmina arraconada pel progrés. Com la falç del padrí, al costat de la dalla de mon germà.»

Cada vegada es feia més fosc, i això que encara hi deuria haver un bon tros de sol. Havia sentit parlar de Collegats, però no me l'imaginava tan feréstec ni escabrós. Si hagués anat sol, m'hauria fet feredat. La mare s'havia anat asserenant durant el viatge i ara tenia més ganes de parlar. M'explicà que Collegats havia estat sempre un pas maleït per als traginers, i que hi havia molts foradots que donaven a les mateixes calderes de l'infern.

—Com el Forat de la Querota! —vaig pensar interiorment.

Es va fer de nit més aviat del que esperava. La carretera, però, blanquejava lívidament i, després de cada revolt, s'obria de nou ampla i generosa davant nostre.

Sentíem només el trip-trap de les potes de les bèsties i la remor del riu a la nostra dreta. Vam arribar finalment a l'Hostal de Morreres i demanàrem allotjament per la nit. Els mossos de l'Hostal em van ajudar a descarregar la mula.

L'endemà ens llevàrem a punta de dia, vam fer un mossec amb una esgarrapada i embastàrem de nou les bèsties. Començava a clarejar i la llum de l'alba retallava el perfil de les serralades. Ajaçada sobre la carena, la Geganta de Collegats dormia l'etern somni de la pedra. Seguíem el curs del riu per la mateixa vora dreta, però les muntanyes se separaven de nou pels costats i el panorama s'eixamplava altra vegada. Com que anàvem de cara al dia, la sensació d'immensitat i de grandària era, a cada passa, més impressionant. Vam deixar enrera, pel costat de llevant, la muntanya de Pentina i el poble de Bresca, que ens espià bona estona des de dalt d'un turonet.

Tot d'un plegat, en sortir d'un revolt, s'oferí a la nostra vista una blancúria sorprenent. Els animals també se n'atalaiaren i van adreçar les orelles, com el Moret quan veia volar una papallona.

—Neu! —vaig exclamar com si veiés visions.

—No siguis beneit! Són les salines de Gerri! —féu la mare.

Em vaig aturar en una vora per pagar el sastre i poder observar aquell bé de Déu d'aigua i sal que mirallejava amb els primers raigs de sol. Semblava una immensa horta de neu atornallada de paredetes i acabada de regar. A l'altre costat de riu, el campanar del Monestir s'alzinava com un sentinella i no em treia l'ull de sobre.

Revolts i més revolts de la carretera, ara allunyant-se, ara acostant-se al riu. Era ja gran dia i feia uns moments que havíem deixat a la dreta, una mica enlairada, l'ermita d'Erboló. Travessàrem el llogarret de Baro, el poble dels contrabandistes. Poc després va passar un carruatge i ens deixà ben galdosos de pols. Sort que portàvem un farcellet de roba neta i a l'arribada ens podríem canviar. A Montardit, fou la negror llustrosa de les teulades el que em féu obrir els ulls:

—Quines teulades més estranyes!

—Són de llosa de pissarra —m'explicà la mare—. Cap amunt totes les veuràs igual.

Ara tot el que ens abraçava la vista ja no tenia res a veure amb el paisatge de la Comella. El color verd, amb tota la seua gamma de matisos, s'havia ensenyorit del paisatge. Sobre el verd gemmat dels prats s'hi dibuixaven els verds clars i foscos de la vegetació. Mai no hauria imaginat que un sol color pogués tenir tonalitats tan diverses, que un sol color pogués pintar un paisatge amb tantes tintes... Ma mare devia tenir un cap com tres quartans, de tantes preguntes que li feia:

—¿Com se'n diu d'aquest arbre rabassut que té unes flors blanques en forma de paraigua?

—Això és un saüquer i les flors són molt bones per al refredat. Fes-me'n recordar de baixada, que en collirem uns grapats.

—¿I aquest altre que fa les fulles com mans obertes plenes de dits?

—Aquest és el freixe. De xica, m'havia fet un bon tip d'enfilar-m'hi per fer fullats pels conills.

Però hi havia tants altres arbres i plantes que no coneixia! «Si sabés el nom de tots aquests vegetals —pensava— no hi ha dubte que veuria el paisatge d'una altra manera. Recordo que un any va pujar a Malpui un nen de Barcelona i va passar l'estiu jugant amb nosaltres. Als de la colla, ens semblava que era un tros de quòniam perquè no sabia distingir, posem per cas, un om d'un lledoner. Per a ell, tots els arbres eren iguals i per això nosaltres ens el rifàvem i ell, pobre, sempre anava de cul. Ara jo em trobo una mica en la mateixa situació. Si conegués el nom de totes les plantes i arbres que trobo pel camí, tot el que veig m'entusiasmaria i no em costaria gens d'estimar-me-la, aquesta part del Pallars tan diferent de la meua.»

Després de Montardit, vam deixar la carretera principal de Sort i ens desviàrem cap a la dreta. Vam travessar la Noguera per una palancota de fusta.

—Jo sempre hi havia vist un pont de pedra —m'explica la mare—. Se'l va emportar la riuada de l'any set.

Passat el pont, vam sortir davant mateix de la masia de Saverneda. Rodejada d'amples prats i d'esponeroses hortes, aquesta casa pairal posseeix una de les millors argendes de la comarca. A més de la casa, disposa de pallisses per a la pastura, magatzems per als estris del camp, corrals per al bestiar i, fins i tot, té capella pròpia. Des de lluny, no es diferencia pas gaire de qualsevol altre poblet.

Abans d'arribar a la casa, vam trobar dos mossos que dallaven un prat d'herba. Eren de Malmercat i ma mare els coneixia. Ens van dir que també volien pujar a l'enterrament, que els esperéssim a casa mentre es canviarien de roba. Un cop a la casa pairal, els amos ens feren tota mena de compliments, perquè ma mare de jove hi havia treballat de minyona. Li donaren el condol i van posar per les estrelles el pobre vell del Peraire, que al cel sigui. Mentre li feien el compliment vaig baixar a l'era a abeurar les bèsties. Aprofitaria l'ocasió per arribar-me al «forat del Drac», una escletxa molt profunda que s'obre en una roca a tocar de casa. Em feia il·lusió de veure'l, perquè mossèn Serafí me n'havia contat una rondalla, segons ell, especialment alliçonadora.

En tornar cap a casa, vaig veure que havia augmentat la colla. De seguida vaig conèixer la meua tia Rosa, de Montiberri. (Us en recordeu? Aquella que s'havia de casar amb el meu pare.) Malgrat els anys, encara feia molt goig i ara el dol li esqueia molt bé. Així que em va veure entrar, corregué a abraçar-me:

—Estàs fet tot un home, Amat!

No vaig poder evitar que els colors em pugessin a la cara.

Entre parents i amistats, ens havíem aplegat una bona colla de gent. Poc després, tota la comitiva enfilàvem el caminoi de Tornafort.

Tal com m'havia recomanat el meu mestre, posava els cinc sentits en tot, perquè per a mi, les ocasions de fer un viatge així eren més clares que els campanars. Em cridà l'atenció la frondositat de l'herba, la qual embolcallava tot el terra com una catifa. No es veia un pam de terra sense vegetació. Eixams d'insectes pul·lulaven pels prats tacats de groc. «Ací dalt a la muntanya —em deia— la natura sembla respirar per tot amb molta més força. Imagino que a l'hivern aquest país deu ser molt diferent.»

Em vaig adonar també de la forma especial que tenen de traginar l'herba. Ja havia sentit dir a ma mare que ells en lloc de samugues empraven els àrguens, una espècie de bastons travessers que acoblen damunt del bast. L'animal queda completament colgat d'herba, només treu una mica el cap, com una tortuga gegant sota una enorme closca verda. M'atalaiava del retard amb què creixen allí els sembrats respecte a la Conca, parava esment en la foscor de les pedres, em fixava en els matisos de la parla. M'adonava, en fi, que la Conca i la Muntanya són dos paisatges que es complementen, són les dues cares de la meua comarca.

L'endemà vam iniciar el viatge de tornada i vam fer, igualment, nit pel camí. Quan arribàvem a Malpui un dilluns a la tarda, vam trobar el poble trasbalsat per una nova desgràcia. El diumenge al matí un floret de criatures, entre les quals hi havia l'Agustinet de la Roieta, feien la primera comunió. El poble era ple de forasters i tothom s'havia posat la roba de festa. A moltes cases ficarien l'olla gran dintre la xica. En eixir de missa, amics i familiars donaven l'enhorabona a aquells angelets que venien de rebre Jesús per primer cop, tots ells radiants i endiumenjats, com si acabessin de sortir de la capsa. Instants després, el plançó de la Roieta perdé el món de vista i va caure en basca rodejat dels amics que el felicitaven. De primer, es pensaven que es tractava d'un senzill desmai, provocat segurament per l'emoció de la diada. Van córrer a fer-li aire, a refrescar-li el front amb aigua fresca, a fer-li olorar aiguardent. Ell, però, es cargolava de dolor amb unes convulsions i espasmes que li feien escopir una gran salivera. No hi va haver res a fer, al cap d'un quart ja era cos. La gent no se'n sabien avenir. La majoria opinava que això només podia ser el mal de Sant Pau, però se sorprenien que traspassés tan de pressa. En canvi la seua pobra mare, feta un mar de llàgrimes, jurava per tots els sants que el nen no havia tingut mai cap atac i que aquesta maledicció era obra de les bruixes.

L'endemà, quan nosaltres arribàvem al poble, l'Agustinet de la Roieta, vestit de primera comunió, acabava d'estrenar el nou cementiri. Les pobres vídues estaven tan afligides i desolades que feien plorar les pedres.

—Ha quedat com un angelet —deien alguns per consolar-les.

La veritat és que, a mi, aquesta mort em va fer arrufar el front. Per una banda coneixia prou bé l'Agustinet per saber que no sofria el mal de Sant Pau i, per una altra, estava gairebé segur que aquesta mort tenia alguna cosa a veure amb l'«accident» del seu pare i també, molt abans, amb el «suïcidi» del pastor del Batllevell. És clar que ara els moixernons no apareixien per res, almenys aparentment.

Tots tres suposats crims es presentaven, en efecte, tan ben ordenats en l'espai i en el temps, que em feien sospitar un hipotètic assassí, que els hagués planejats sàdicament. Fixeu-vos, si no, en aquestes coincidències. El Salt de la Baciva, on es despenyà el pastor, es troba a mitja hora de camí de la bassa d'Hortell, on aparegué ofegat l'hereu de la Roieta. A la vegada, aquest toll és a mitja hora de Malpui, on moria l'Agustinet. A més a més, si dibuixem tots tres indrets en un plànol, m'adonava que eren en línia recta. Amb aquest descobriment havia posat fil a l'agulla, sense saber que la peça que començava a teixir era la meua mortalla.

Sovint parlava amb mossèn Serafí de les meues cabòries. Ell no hi donava gaire importància, més aviat li feia gràcia que m'ho prengués tan a la valenta.

—¿Qui t'assegura, Amat, que aquesta línia recta que tu veus no és fruit de la casualitat? A més, ¿per què precisament aquestes tres morts i no altres?

Després va fer en to burleta:

—Potser si unissis amb una línia totes les morts que hi ha hagut a Malpui aquests deu anys darrers, qui sap, potser obtindries el dibuix d'un moixernó!

—Un crim és una cosa molt seriosa, mossèn, i a mi no em fa gens de gràcia... Senzillament, la meua raó no troba una explicació convincent en aquests tres casos.

—Està bé, home, no t'ho prenguis malament. Explica'm, però, si et plau, quin paper hi fan els moixernons en la teua raó...

—Doncs encara no ho sé ben bé. La recerca tot just ha començat. El més calent és a l'aigüera, com deia la padrina. Per ara, els moixernons només són una intuïció...

—T'estàs tornant un racionalista, Amat.

—I això, segons vostè, és bo o és dolent?

Ell, però, aquesta vegada no volgué contestar-me. Respirà profundament, somrigué una mica i em preguntà sense embuts:

—Qui és, si es pot saber, el principal sospitós?

—Això, només li ho diré en secret de confessió.

Al capdavall, però, mossèn Serafí m'encoratjà que seguís en la meua recerca, malgrat que no en tragués l'aigua clara. Almenys, com en el joc dels escacs, m'ajudaria a desenvolupar la intel·ligència. Finalment m'aconsellà:

—Compte, però, amb la raó! No n'abusis, que és una arma relliscosa i podries pendre mal!

L'assumpte d'aquestes morts misterioses se m'havia posat entre cella i cella, i m'obsessionava, però no pas fins al punt de despreocupar-me d'altres qüestions de la vida del poble. La política n'era una. A finals d'any (recordeu que ja som al 1920) hi tornava a haver eleccions legislatives i els principals partits s'afanyaven per aconseguir l'acta de diputat del districte de Tremp.

Com era habitual, a la Pobla es respirava pertot un gran interès per la política. Aquell any, però, fins i tot a Malpui, on els assumptes del país mai no els havien fet fred ni calor, la gent s'encrestava en discussions. Com a tota la Comella, aquest enardiment s'havia encès a propòsit de les obres hidràuliques. Concretament a Malpui, era una seqüela de les raons que hi havia hagut per la línia de pilones.

Personalment, em feia un embolic entre tantes sigles i partits que pul·lulaven per les pàgines del diari. Mossèn Serafí em féu en una ocasió allò que, segons ell, era «una síntesi de la situació política de Catalunya». Segons el meu mestre, per damunt de les sigles i dels pactes polítics, al país hi havia, de fet, tres forces polítiques. A un costat, teníem els partits monàrquics o institucionals, feudataris del centralisme de Madrid i dominats pels cacics. Des de molts anys ençà, ells seguien remenant les cireres, sobretot en les zones rurals. A l'altre extrem, trobàvem els republicans del senyor Macià de les Borges Blanques, els quals volien fer taula rasa de la religió i dels valors tradicionals. Finalment, en el centre d'aquest ventall, tindríem els autonomistes de la Lliga, respectuosos amb la tradició, però a la vegada compromesos en el progrés i, sobretot, embarcats en la tasca de redreçament de Catalunya. Mossèn Serafí no dissimulava pas les simpaties que sentia per aquests últims. Recordo que uns anys abans, la mort de Prat de la Riba l'havia afectat molt.

Uns dies abans de les eleccions, mossèn va voler que l'acompanyés a la Pobla per assistir a un míting polític. Parlava el canditat autonomista per Tremp, el senyor Nadal, advocat barceloní i amic personal de Cambó. El teatre, totalment guarnit de banderes catalanes, s'omplí de gom a gom. El senyor Nadal començà el seu discurs amb una oratòria intempestiva: «¿Fins quan, amics de la Conca, consentireu que els cacics segueixin abusant de la vostra paciència?».

Després afirmà que el Pallars havia estat esclavitzat fins llavors per dos negrers: el senyor Riu, cacic de la Muntanya, i el senyor Llari, cacic de la Conca. Els acusà d'haver fet el joc a la Companyia, contra els interessos de la comarca, i d'haver-se untat les mans. Havia arribat l'hora de dir prou a aquesta prostració i ell estava convençut que la gent del Pallars s'unirien finalment amb els catalanistes de les grans ciutats.

«Nosaltres som partidaris de l'autonomia integral de Catalunya —afirmava l'orador— i precisament per això volem que aquesta comarca entranyable deixi de ser un racó aïllat, pastura de la misèria i de l'avarícia dels senyors de sempre.»

Finalment, el senyor Nadal acabà el seu discurs fent una reivindicació del ferrocarril Noguera-Pallaresa, el qual era, feia molts anys, una aspiració legítima de tota la comarca.

«La nostra riquesa hidràulica, la nostra potència minera, la ramaderia, la producció forestal i agrícola reclamen la llibertat d'expansió i aquesta és impossible sense el ferrocarril. Un ferrocarril que miri directament al mar i a Europa, tal com ho indica la geografia dels nostres rius...»

L'acte acabà de forma entusiasta i calorosa. Al final, els assistents vam cantar *L'himne al ferrocarril* i *Els Segadors*.

X

Oh carril, esperança agradívola!
La Comella et saluda amb plaer,
vora el riu veu ta imatge llisquívola
ja baixar esverat com corser.

Això diu una de les estrofes de *L'himne al ferrocarril,* escrit i musicat per l'organista de Talarn, mossèn Vicent Bosch, i cantat sovint en to reivindicatiu en els actes públics. Després de prop de quaranta anys de projectes i de somiar truites, l'esperat carril de la Noguera Pallaresa, segueix essent per a tots els progressistes pallaresos una «esperança agradívola», la panacea que solucionarà tots els mals que patim. Un dia no llunyà, el carril apareixerà a la Conca, majestuós de fum, després d'haver foradat des de l'Urgell dotzenes de muntanyes. Travessarà orgullós la Comella i avançarà per la vora del riu fins a França, tot anunciant amb xiscles de progrés la bona nova de la modernitat. Definitivament, tota la comarca es despertarà del seu somni de segles.

Llavors acabarà potser tota una època de transformacions tècniques de tota mena, que s'havia iniciat en les darreres dècades del segle anterior. Els meus padrins i els vells de Malpui de la seua mateixa telerada n'havien estat els testimonis muts i passius. I també les víctimes, perquè ja eren massa grans per adaptar-se a tantes novetats. Durant els trenta darrers anys de la seua vida, aquesta generació va restar com veient visions. No tenia prou ulls per a tantes meravelles.

A Malpui tot va començar el dia en què la jovenalla, entre els quals hi havia el meu pare, van comprar-se a la Pobla una gorra de visera. A ciutat, la gorra musca, ja no la duien ni els vells, i ells volien ser uns joves moderns i elegants. Aquesta gosadia fou qualificada per la gent gran com una fotesa del jovent, sense gaire importància. Fins llavors, la forma de col·locar-se la barretina sobre el cap donava un caràcter propi a la persona; en certa manera reflectia la seua manera de ser. (Recordo que mon padrí la duia sempre doblegada de davant cap al darrera, ben alta, com una cresta de puput.)

Per això els vells deien sovint:

—Aquesta jovenalla no té caràcter. Tots fan la mateixa cara de galls descrestats!

Poc després, però, vindrien les innovacions més profundes i serioses en les feines del camp. Així, aquests mateixos joves van firar-se un parell de muletes neguitoses, perquè la parsimònia dels bous els feia perdre la paciència:

—¿Que no ho veieu, pare, que són unes bestiotes que abans de moure un peu demanen permís a l'altre! A la Conca, tot déu té un bon parell de mules. Ja només hi llauren els muntanyesos, amb bous!

Van arraconar l'arada de fusta, que no feia gran cosa més que esgarrapar la terra, i van comprar-se un arreu de ferro, modern i llampant, que obria uns solcs on es podria colgar un ruc. Acostumats a la calma dels bous, als vells no els féu mai el pes aquest nou bestiar de peu rodó:

—No em vingueu amb mules! Traieu-me'ls del davant, aquests animals tan furiosos!

En el fons era impotència. S'adonaven que ja eren massa grans per avesar-se al nervi de la mula, per això van deixar que el jovent fes la seua. En silenci, perquè en aquesta nova feina no els podrien ensenyar res.

Al mateix temps, algú que havia anat a veremes a França va tornar amb un volant i un soquet, nous de trinca. De seguida, els més agosarats abandonaven la falç, que era feina de dones, i l'estiu següent ja tampanejaven el blat, il·lusionats com criatures. Alguns vells van posar el crit al cel:

—No és un instrument per a aquest país. Deixa un pam de rostoll i la palla es queda al tros.

Poc després, el volant s'imposava a Malpui. Dones i vells deixaren també la falç en el racó dels mals endreços i es posaren a lligar garbes. No trigà gaires anys més a arribar la dalla de rasclet, però a aquesta, ni el meu pare aconseguí d'acostumar-s'hi. La primera vegada que en tocà una, volia dallar amb tantes ganes que a la primera embranzida ja la va amorrar als rocs i la va espuntar. A Ca la Tonya, la dalla de rasclet ja fou, des de bon principi, cosa de mon germà. Tothom qui l'havia vist segar deia que en sabia tant:

—La fa voleiar com una balladora! —comentava orgullosa ma mare.

El cabaler del Dot, que se n'havia anat a Barcelona, va dir un dia a la plaça que la dalla no res, que a l'Urgell segaven amb unes màquines arrossegades per una mula. No s'ho van empassar ni els més joves:

—Au, va, home, no ens facis combregar a la cuina! Una mula segadora! Amb aquest pas, aviat els rucs faran caure olives!

En els mateixos anys, els malpuiencs obrien uns ulls com pans de ral davant les modernes màquines. Les anaren observant d'una en una. I dic observant perquè eren coses tan fabuloses que, per més que ho haguessin sentit explicar, no s'ho creien fins que se les trobaven als nassos. La padrina m'havia contat una vegada l'incident que va tenir amb el primer automòbil que va arribar a la Pobla.

Un dia que menava la porca al verro, trobà, abans de passar el pont, un veí de Llenasquer que ja tornava de la vila:

—Corre, Tonya! Ha arribat un carruatge que camina sol! Fa uns brams que no el poden fer callar!

Ella no en féu gaire cabal i pensà que li volia pintar la cigonya. En arribar a la carretera, dona i bèstia sentiren un rum-rum desconegut i estrepitós i van poder contemplar aquell auto monstruós que avançava, tot sol, per la carretera, perseguit per un eixam de canalla. Ma padrina acompanyà la verra al corral de Faiada perquè li arreglessin i sortí per veure millor aquella mena de manera de carruatge. L'auto s'havia aturat a la plaça de la Pedrera, fins on havia arrossegat un rotlle de curiosos. La meua àvia, que no es mamava el dit així com així, s'hi acostà i mirava per sota el cotxe per descobrir, ben camuflades, les potes dels cavalls. La bèstia, però, encara l'havia afectat més l'aparició d'aquell monstre. No sols no va quedar prenyada, sinó que no tornà a anar més de verro. Farts d'esperar, la van haver de matar per a casa.

Uns anys després, el cabaler del Dot es presentava un dia a Malpui amb un gramòfon i unes quantes plaques. Tenia una trompa de color blau, enorme i brillant, i una maneta, com els ventadors però més petita, per a donar-li corda.

—Aquesta maquineta, tal com la veieu, portarà tots els músics a la misèria! —sentencià el cabaler davant d'una colla de veïns bocabadats.

L'aparell començà a vomitar cançons, una mica desafinades i, en un tres i no res, el jovent armà un ballet de festa major xica. Més d'un desconfiat guaitava per la trompa i per sota la taula i no se'n sabia avenir: hi podria haver un músic xicarronet amagat a dintre.

I què us diré de la ràdio? D'aquests aparells, a Malpui encara no n'hi ha cap, és clar, perquè no hi ha llum. Però a Cal Cutura de Sant Roc fa un parell de mesos que en tenen una a prova. El primer dia que la van fer tocar, el vell no parava de recomanar a la mestressa que fes força sopar i que posés l'olla gran al foc.

—Per què ho dieu això, pare? —féu ella, tipa de sentir-lo remugar.

—I doncs, com els vols fer atipar tanta gent?

El vell de Cutura encara no ho veu gens clar, això de la ràdio. Està convençut que aquelles veus i músiques són obra del capellà de Llenasquer, que de bruixot n'és un bon tros.

El dia que un aeroplà va travessar per primera vegada el cel encalmat de la Comella, hi hagué a tots els pobles un esglai de mort. A Sant Roc van sortir al carrer, tot esverades, les velles amb mantellines, pensant que aquella creu, fragorosa i brillant, era l'Anticrist, i que havia arribat la fi del món.

—Apiadeu-vos de nosaltres! —clamaven espaordides.

En aquests mateixos moments, la jove de Cal Batllevell de Malpui era sola a casa perquè criava una criatura i els homes eren al tros. Mentre alletava el fillet asseguda a l'eixida, veié aparèixer sobre el seu cap aquell monstre volador amb un brogit de mil dimonis. Esfereïda, la pobra jove demanava a crits pietat pel seu plançó.

—A mi, mateu-me com vulgueu, però el Ramonet deixeu-me'l en vida, que ha de ser l'hereu!

En fi, ja veieu que en pocs anys ha passat cada cas que n'hi ha per llogar-hi cadires. De fet, a mi, totes aquestes anècdotes em semblaven historietes insignificants, que no valien un pet de conill. Si ara us les he explicat, és perquè mossèn Serafí em recomanà un dia que les recollís, perquè cadascuna d'elles conformava —digué ell— «un gest històric».

—¿T'imagines, Amat, la cara d'espant i de sorpresa de l'home primitiu, en contemplar el foc per primera vegada? ¿O les ganyotes i rialles de l'indígena africà davant del mirallet que li mostra un anglès? Doncs, ambdós salvatges deurien fer la mateixa cara que la jove del Batllevell veient passar l'avió i que ta padrina davant l'automòbil!

De totes formes, l'invent més espectacular i revolucionari de tots ha estat el de la llum elèctrica. L'any 1899 la van instal·lar a la Pobla. Pocs dies després, un bover de Perutxo que havia anat a mercat va pagar el riure a tots els clients del Cafè Moderno. El pobre home va intentar durant una bona estona d'encendre el caliquenyo amb la bombeta elèctrica!

A Malpui, la qüestió de la llum ha provocat, fins fa poc, moltes controvèrsies:

—No la necessitem de res, fins ara bé hem viscut sense! —deien els més vells.

—És un censal que has de pagar cada any! A més, hi ha el perill que se't cali foc a casa! —afegien altres que havien sentit tocar campanes.

—Ignorants, més que ignorants, que sembla que baixeu de la Vall d'Aran! Esteu als llimbs, vosaltres els vells, i no sabeu què es manega pel món! —gallejaven els més joves.

Finalment, fa un any el poble va signar un contracte amb la Companyia i aviat començaran a plantar els pals. Fa temps que el rector m'ho havia advertit:

—Deixa que acabem d'enterrar tota aquesta telerada de vells, i ja veuràs com aviat tindrem llum.

Per una altra banda, aquesta comarca s'ha convertit en una zona productora d'electricitat i fóra un contrasentit seguir vivint a les fosques en el país de la llum. Fa més de deu anys, començaren les obres de les centrals elèctriques dels rius Noguera i Flamicell. Paradoxalment, ara la Vall Fosca subministra llum a la meitat de Barcelona. La construcció de la presa de Susterris ha estat una obra colossal on han treballat nit i dia milers de persones, durant més de tres anys. Recordo que l'any tretze, quan se sentien des de Malpui les primeres barrinades, el meu padrí comentava:

—Desgraciats! Volen aturar el riu amb una paret de rocs! Si es pensen que la Noguera és com el barranc del Solà, estan arreglats!

El cabaler del Xicarró hi va treballar després i assegurava que era un mur de ciment tan ample que, pel cantell de la paret, hi podrien passar alhora deu mules amb cartres, sense tocar-se l'una amb l'altra. La quantitat de roca i de ciment que hi han enterrat no té fi ni compte.

Havien passat tot just set anys i aquell mar artificial ja s'havia fet un lloc en el nostre horitzó de cada dia. Érem prop de Sant Joan i l'estiu aquest any era una mica romancer. El dia s'havia despertat plujós i fresquet. Des del matí plovisquejava. Vaig trobar mossèn a les golfes de la Rectoria apedaçant el colomer. Aquells dies el tema de la llum omplia les nostres converses.

—Que diguin el que vulguin, Amat, però l'electricitat és un gran invent. Un invent que ens anirà molt bé a tots els que estimem els llibres. Mira, si els nostres amics, els escriptors clàssics, haguessin tingut bombetes elèctriques pots estar ben segur que ens haurien deixat molts més llibres. De tant en tant, em plau d'anar a veure el vicari de la Pobla, més que per amistat amb ell, per poder llegir una estoneta abans d'adormir-me. Creu que, la llum, jo també l'espero amb candeletes.

Després féu una pausa i prosseguí amb un to una mica melangiós, influït sens dubte per aquesta mena de malenconia que se'ns encomana sempre que contemplem la pluja des de cobert:

—Dintre de poc, la llum arribarà a Malpui. Les bombetes il·luminaran tots els racons de les cases, i les bruixes, en veure's descobertes, fugiran espaordides cap als seus aquelarres. Els morts i apareguts se'n tornaran, ossos ajudeu-me, cap al cementiri i no gosaran sortir de les tombes, perquè en el món dels vius ja serà tan lluminosa la nit com el dia. Al cap de pocs dies, la millor casa del poble (casa el Batllevell, posem per cas) comprarà un aparell de ràdio. A l'hora de la vetllada aquesta caixeta màgica de la il·lusió congregarà una bona colla de veïns que escoltaran bocabadats algú que xerroteja des de molts dies de distància. Avorrits i fastiguejats, perquè ja ningú no els mana feina, els minairons es tancaran dins el canut i les encantades es retiraran als gorgs de Llaumaior. Llavors començarà per a Malpui una nova civilització, més lluminosa i també més racional, potser massa racional. I nosaltres oblidarem aquests personatges fantàstics que durant tants segles han vingut a visitar-nos en les vetllades d'hivern. Se'ns esborraran de la memòria amb la mateixa facilitat amb què hem arraconat l'arada de fusta i la gorra musca. Veuràs com, només d'ací a uns anys, ens farem creus de pensar que pugui haver-hi algun poble de desgraciats que no tinguin llum!

El dia semblava que es volia aixecar i alguns raigs de sol es filtraven de les bromes. Des de dalt del colomer, es perfilava un extens panorama, amb la taca blava i allargassada del nou embassament al fons.

—Es veu molt bé la presa des d'aquí dalt —vaig fer per avivar la conversa—. Sembla com si el llac hi hagués estat sempre allà baix, ajaçat sobre el llit del riu.

Però sota les aigües hi vaguen ben ermes les millors feixes de Sant Roc, i l'horta de Salàs.

—Diuen que els antics propietaris s'han fet la barba d'or!

—Segons com t'ho miris! A ells, els sembla que els han donat qui sap què, perquè, de diners, no n'havien vist mai tants de junts. Però de fet, els han tancat la boca amb quatre rals. No veus que la moneda cada any perd valor?

—I els raiers, com s'ho faran ara per baixar la fusta?

—Doncs l'hauran de carretejar amb camions per la nova carretera.

La conversa es va allargar fins a migdia. Recordo que quan la majordona l'avisà que tenia el dinar a taula, em va dir que l'endemà havia d'anar a la Seu per despatxar uns assumptes al Bisbat i que, per tant, entre viatges i tot estaria dos dies fora. Em demanà que al vespre dirigís el rosari i que, si hi hagués una urgència al poble, anés a avisar, com de cosum, mossèn Miquel de Llenasquer. Finalment em pregà que aquella tarda no el destorbés, que no podia estar per mi. Havia d'escriure uns papers i a la nit se'n volia anar d'hora al llit perquè l'endemà caldria matinar. Ens vam donar doncs l'arreveure i li vaig dir que resaria perquè tingués bon viatge.

—Si hi ha alguna novetat, estic segur que et sabràs espavilar pel teu compte. Ara ja et puc deixar sol!

Aquestes foren les seues darreres paraules. No em vaig imaginar llavors que dintre de poc haguessin d'esdevenir profètiques.

XI

L'ENDEMÀ al matí les campanes em van treure del llit. Ja feia estona que, mig entredormit, sentia uns nags-nags agitats i a la vegada planyívols que no acabava de reconèixer. No era pas el toc habitual de missa, ni el de morts, ni tampoc semblava ben bé el toc de sometent...

—Deuen tocar a foc! —se m'ocorregué de sobte.

Em vaig vestir en una esgarrapada i vaig saltar els esglaons de dos en dos. Fora, era ja gran dia, i al poble no hi havia ni una ànima. Al carrer de Missa vaig trobar el bordegot del Cabirol que baixava del campanar:

—Hi ha foc a la borda del Xollat! Ja hi estem anant!

Sense torbar-nos, vam agafar un parell de galledes cada un, i a pas de gegant vam sortir del poble pel camí d'Organyà. Amb aquella pinta, no hauríem pogut pas negar que anàvem a apagar foc.

—Si ens afanyem, hi tenim mitja hora escassa!

La pluja d'aquells dies havia refrescat el temps; així i tot, el camí ens feia suar la cansalada. A la font de Juncarlat, vam trobar l'hereu de Vaitot que omplia galledes d'aigua. Ell era qui havia donat l'alarma al nen del Cabirol, el qual guardava les cabres per aquelles costes.

—No cal que correu, que no hi ha res a fer! —ens digué abans d'arribar.

—Hi ha hagut desgràcies? —vaig preguntar.

—La pobra Lluïsa!

Vam omplir també les nostres galledes i vam seguir tots junts cap a la borda. L'hereu de Vaitot ens explicà que ell i son pare cavaven la vinya de la Peira. De cop i volta, havien vist una fumera espessa que sortia de la borda del Xollat. Quan hi havien arribat, tot era un barderal de foc perquè el paller era ple de pastura seca que crema com una esca. Com que al matí havien vist arribar la vella, la van cridar des de fora. Però no respongué ningú. La porta del corral era tancada amb clau, potser per dins, i no hi havia manera d'esbotzar-la perquè d'un bocí lluny no s'hi podien ni atansar.

—¿Voleu dir que la Lluïsa s'ha tancat per dins i ha calat foc al paller? —vaig preguntar.

—Això jo no ho he dit! Només explico el que he vist! —matisà el Vaitot.

Quan vam arribar nosaltres, la borda era una garbera de rocs, de teules i de bigues fumejants. Havien acudit altres veïns que treballaven en camps propers. Amb pics i pales apartaven els enderrocs i les cendres per arribar fins al corral. Ben aviat van començar a aparèixer ossos mig cremats. Els anaven ficant en una galleda. N'hi havia que no sabien si eren de la ruca o de la pobra Lluïsa.

—Ha aparegut la clau de la porta? —vaig preguntar a l'Esquerrer.

—Ca! I és molt estrany que no fos ficada al pany, ni per dins ni per fora, perquè el pany tenia el clauet passat...

—Això fa pudor de cremat, no us sembla?

—I tant! —féu ell, sense saber a què em referia.

Em vaig allunyar unes passes per fer-me més capaç de la situació de la borda. Darrera mateix, feia una espècie de planellet amb unes quantes «saleres», aquestes pedres planes que s'empren per donar sal al bestiar. Em vaig asseure sobre una de les lloses. La meua inquietud no era pas gratuïta, perquè, de fet, aquest era el quart «accident» consecutiu que es produïa amb mitja hora de camí de l'anterior. Sinó que aquest cop no seguia la línia recta dels tres precedents. Sobre un mapa, la borda del Xollat descrivia un angle recte cap a la dreta. Una figura en forma de dalla, potser?... Embolica, que fa fort!

De cop i volta em vaig adonar que quatre de les saleres perfilaven aquesta mateixa figura, que algú les havia tombat damunt davall feia poc. No sé per què, se m'ocorregué d'aixecar la primera salera. Sota la pedra hi havia un moixernó sec. Vaig tombar després la segona i la tercera, i... sota cadascuna d'elles aparegué igualment un moixernó assecat. Em quedava només la darrera llosa. El cor m'anava com una llançadora. La vaig alçar a pleret, posant-hi tota l'atenció, com si fos una llosella disparada i el moixonet se'm pogués escapar... A sota, hi havia la clau de la borda i un paper escrit. Vaig copiar-lo a correcuita i vaig tornar a deixar les saleres com les havia trobat. El paper deia: *«In spelunca natus est. Crucifixus, murieris sex plaguis luna plena aprilis. Ex mortuis resurges die tertio»*. Déu n'hi doret de l'endevinalla! ¿No us sembla? Desxifrar-la no fóra pas un joc de poques taules.

Em vaig acostar de nou a la borda, fent com aquell qui res. El vell de Vaitot mormolava una oració sobre una galleda d'ossos fumejants.

A la tarda vaig posar l'albarda a la mula vella per anar a avisar mossèn Miquel. L'enterrament de la Lluïsa s'havia de fer l'endemà i m'havia de donar pressa.

Aquesta nova mort em feia escalfar el cap. Es tractava, no hi havia dubte, de la quarta malifeta d'una cadena criminal que havia anat seguint des de feia temps. Ara, a més de la constant espacial —sempre a mitja hora de camí una mort de l'altra— hi havia descobert una altra «casualitat», diguem-ne temporal. De la primera mort a la segona, havien transcorregut quatre anys; de la segona a la tercera, dos; i d'aquesta a l'incendi de la borda, un any just. En total havien passat set anys des de la mort de la Quelona i del pastor de Batllevell. Set anys des que l'Amat Escrivà havia sentit la fiblada de la curiositat...

És evident que aquests fets no podien pas ser obra de l'atzar, sinó d'algú, d'una ment criminal i sense escrúpols que els hagués ordenat en el temps i l'espai. «No hi ha ordre sense un ordenador —m'havia ensenyat el meu mestre— i així, de l'observació de l'harmonia de la natura, deduïm per via racional l'existència d'un Suprem Ordenador.»

Ara, a aquest nou crim, s'havien afegit nous elements que encara embolicaven més la troca. De nou apareixien els moixernons...

—Això vol dir que vas per bon camí —em deia a mi mateix—. Però hi ha un missatge en llatí que et cal traduir sense pèrdua de temps. Tot plegat em treia de polleguera.

Quan vaig arribar a la Rectoria de Llenasquer, la majordona em comunicà que mossèn Miquel se n'havia anat a la Seu aquell matí per enllestir uns assumptes a la Cúria.

—Quina llàstima que no hagués sabut la intenció del Serafí! —es lamentà—. Hi hauria pogut anar un altre dia, el nostre Quel!

La dona tenia més paraules que un breviari i s'en-

un tros de fusta allargat, que ja començava a assemblar-se a una imatge.

Vam parlar de moltes coses, però ell s'interessava especialment pel meu aprenentatge de les lletres. Li vaig explicar amb tots els ets i uts el procés de la meua instrucció, des dels primers passos amb el coneixement de les lletres fins ara, que devorava tot el que em queia a les mans. Mentrestant, les seues mans molsudes polien i llimaven la fusta amb una destresa d'artista. Aquell moment de la conversa em venia a tomb per a les meues intencions i vaig aprofitar l'avinentesa:

—També he començat a estudiar llatí, per poder llegir directament els evangelis i els escriptors clàssics.

—Fas molt bé, perquè, diguin el que vulguin els moderns, sense el llatí no es pot sortir de casa.

Menava la conversa millor del que havia previst. Era el moment oportú:

—Precisament aquest matí volia traduir unes frases i no n'he pogut treure ben bé l'aigua clara. Si em volgués donar un cop de mà; potser em recordaré d'alguna...

—I prou, home! Reconec que, al costat del teu mestre, jo no li arribo ni a la sola de l'espardenya. Per a tots els capellans, però, això del llatí és com el nostre pa de cada dia.

Llavors li vaig anar recitant unes quantes frases. Ell me les traduïa directament, després d'explicar-me el significat i la funció de cada paraula. Prèviament, havia memoritzat una dotzena d'oracions, entre les quals hi havia, dissimulades i desordenades, les tres frases del missatge de la borda. La traducció quedava de la següent manera: «Va néixer en una cova. Moriràs crucificat amb sis nafres, la lluna plena d'abril. Ressuscitaràs d'entre els morts el tercer dia».

A propòsit de la segona frase, em digué que jo ho recordava malament, que el text bíblic deia «quinque» i no «sex». L'evangeli podia dir el que volgués, però el missatge me'l sabia millor que l'Oratefratres.

Amb dos dits de sol a l'horitzó, enfilava el camí de Malpui. Mossèn Feliu m'havia caigut en gràcia. Era sens dubte un bon jan i un gran artista de la fusta. Mossèn Serafí, en canvi, era un savi, i el rector de Llenasquer, un bruixot. Déu meu, quantes personalitats diferents s'amaguen sovint davall d'una mateixa sotana! Per altra banda, la visita al capellà de Sant Roc havia estat per a mi molt profitosa. Ara ja podria treballar amb el missatge.

Es tractava certament d'unes frases referents a la vida de Jesús, a les quals s'havien afegit dos elements nous: les sis nafres i la lluna plena de l'abril. Ara per ara, m'era totalment impossible de treure'n tot l'entrellat. Ni de bon tros. Però començava a lligar caps. Així, el verb «moriràs» podia fer referència a un proper crim, en el qual la víctima fóra el destinatari del missatge. El complement temporal, «la lluna plena de l'abril», podria indicar que l'assassinat tindria lloc la Setmana Santa. Poc ençà poc enllà, d'ací a nou mesos... En fi, poca cosa més en podia desembrollar. No tenia doncs altre remei que esperar nous esdeveniments i, això sí, no perdre d'ull els moviments de mossèn Serafí. El rector de Llenasquer ja fóra més complicat de vigilar-lo. Però almenys estaria molt alerta si ambdós capellans es tornessin a trobar. Vaig arribar a Malpui amb claror de dia i, abans de menar la mula al corral, vaig tocar a rosari.

L'endemà passat de l'enterrament, van tornar de la Seu, tots junts, ambdós capellans. Segons deien, cadascun d'ells desconeixia la intenció de l'altre. A molt poca distància de camí l'un de l'altre, havien fet, ben solitaris, el viatge d'anada. Després s'havien trobat a la capital del Bisbat i, com és normal, van decidir de tornar plegats. En el cas que això fos cert, m'hauria agradat d'esbrinar quin dels dos anava al darrera en el viatge d'anada. Perquè, és clar, aquest hauria estat el qui va calar foc a la borda.

Vaig preferir no fer-los cap pregunta i no mostrar-me excessivament curiós, com si no m'importés gens ni mica l'assumpte. «Malgrat la seua absència —els deia mentre berenàvem a la Rectoria de Malpui— l'enterrament s'havia pogut fer igualment sense massa dificultats, gràcies a Déu. Quant a l'accident de la borda, tothom opinava —i la Guàrdia Civil ho confirmà— que la desgraciada havia calat foc al paller i després s'havia tancat al corral, per dins. La pobra Lluïsa semblava incapaç de matar una mosca, però són tan obscurs i enigmàtics els pensaments d'una persona!»

Tenia clar que ara no podia fer paga de ningú. Des d'aquests esdeveniments, les meues relacions amb mossèn Serafí foren ben diferents. Les visites a la Rectoria eren més espaiades. De fet, només hi anava per tornar-li el llibre que ja m'havia llegit i pidolar-li'n un altre. Devorava a cremadent tot allò que descobria en la seua biblioteca, com si en algun d'aquells fulls de lletra impresa pogués descobrir el desllorigador del secret que em turmentava. Ell, en canvi, es mostrava cordial i bonhomiós com abans. I, fins i tot, visiblement amoïnat per la meua actitud esquerpa i reservada. Davant d'ell, em disculpava com podia, atribuint el meu mal humor a un empitjorament de la malaltia. La qual cosa era, malauradament, certa. Els atacs de tos eren cada cop més freqüents i molt sovint escopia grumolls de sang. Sentia una mena de deixadesa als braços i a les cames, i havia perdut la gana. Com si el meu cos s'adonés que no valia la pena de lluitar contra aquella funesta malaltia. M'havia quedat en poc temps amb la pell i l'os. Només demanava a Déu que em donés les forces suficients per arribar al final d'aquell misteri.

A casa seguien vivint sense saber on girar-se de feina. Com si jo no hi fos. Per a ells, l'Amat només era una boca més a la taula i un turment que no els deixava dormir a la nit. A mi, no me'n parlaven mai, però sé que mon germà es queixava sovint:

—Tota la nit ha escatainat com un gallinot! —es queixava.

—Ja veuràs com no durarà gaire —feia ma mare.

L'única feina que m'ocupava una estoneta cada dia era la recollida del fem. A Malpui tot déu sabia que, quan una bèstia feia les seues feines al carrer, el fem ja no pertanyia a l'amo de l'animal, sinó al poble. Des de temps immemorials i per tal que no hi hagués raons, la propietat sobre aquest fem era resolta en una subhasta al més dient. I ja era també tradicional que Ca la Tonya guanyés la subhasta, entre altres coses perquè els tonyos es comprometien, a més a més, a pagar un bot de vi al poble el dia de Carnestoltes.

De fet l'obsessió pel fem ens venia de lluny a casa nostra. Ja el pare del meu padrí va fer construir la comuna en un racó de la sala. Així no es faria malbé ni un sol cagalló. Era la primera de Malpui, i en aquella època se'n féu un crit. Encara avui, quan al poble hi ha forasters de la ciutat, ma mare no s'està pas de recordar-los:

—Quan vulguin anar de ventre, ja ho saben. Poden venir-hi a casa, que per això la tenim.

Per la Festa Major sempre tenim moltes visites.

Cada dia, doncs, cap allà a mig matí, l'Amat prenia una pala, una escombra de corner i un sac i complia amb l'única feina que els seus li exigien a canvi del llit i les garrofes. Escombrava les cagueles d'ovelles i cabres, arreplegava amb la pala els cagallons de mules i rucs, la merda de gos i de canalla, les buines dels bous... Al cap d'una hora, me'n tornava cap a casa amb el sac al coll, content d'haver complert amb el meu deure. Llavors obria de nou el llibre i, més rabent que el vent de port, fugia de Malpui. Retrobava els meus personatges en el mateix lloc en què els havia deixat i vivia amb ells les més fantàstiques aventures. Devorava la darrera pàgina i ja només pensava si l'endemà tindria la sort de trobar una altra novel·leta d'en Folch i Torres.

Un matí que plovisquejava, vaig sortir igualment a fer la meua ronda diària pel poble. Passant pel carrer del Sac vaig sentir uns xiuxiuejos dintre del forn. La porta era mig oberta i m'hi vaig atansar per tafanejar. Estirats sobre un banc, mon germà i la Rosa del Poblador s'apotxonaven amb deler. No s'havien atalaiat de la meua presència. Vaig estossegar una mica i em vaig ajupir fent veure que plegava un cagalló de gos. Llavors s'incorporaren sobresaltats i en veure'm escombrant vora la porta esclafiren de riure. Amb una revolada em vaig carregar el sac al coll i vaig tirar carrer avall, com un gos amb la cua entre les cames. Si m'haguessin punxat, no m'haurien tret sang!

En acabar la cercavila de la merda, me'n vaig tornar a casa, al meu aixopluc de les lletres. Però no hi havia manera de concentrar-me en la lectura. Llegia d'esma les paraules i les frases, però no m'adonava del seu significat. Aquell dia les lletres, en lloc de penetrar-me dins del cap, em rebotaven dels ulls i se'n tornaven al llibre. Els meus ulls no eren pas, doncs, com un vidre transparent, sinó com un mirall que no deixava passar els mots i que els reflectia fent-los fer la rateta sobre la blancor de la pàgina. No em podia treure del cap l'escena del forn.

Vaig tancar el llibre i vaig sortir al carrer. El xim-xim continuava. Volia atansar-me de nou al forn, però no per la porta del carrer del Sac, sinó pel carrer de Missa, on donava una mena d'espitllera que servia per ventilar el fum. Vaig grimpar per la paret mitja dotzena de pams a peu de gat, i vaig entaforar el cap dins l'ampit de la finestreta. No es veia res perquè l'escletxa era molt estreta, però sentia clarament la respiració de la parella. Eren molt a prop de mi, només la paret em separava de la seva intimitat.

Els sospirs eren cada cop més profunds. Més que respirar, semblava que esbufegaven com un parell de mules que acabessin d'arribar al marge, després d'un solc interminable. De cop i volta, la Rosa va començar a gemegar sorollosament. Al principi no ho entenia, fins i tot em vaig espantar. Després, a mesura que els gemecs s'afeblien altre cop en sospirs, ho vaig comprendre tot. Vaig quedar-me immòbil, clavat al mur, procurant d'aguantar-me la respiració. Enganxat a la paret, com una sargantana amb el cap dins l'espitllera, em vaig sentir grotesc i ridícul, la persona més desgraciada de la terra.

Els gemecs de la Rosa, aquells gemecs de femella satisfeta, m'han quedat gravats al cervell per sempre més. Com els udols suplicants del Moret atrapat al seu feixanc, com la flaire de farina fresca dels moixernons...

XII

SIS MESOS després de l'incident de la borda, moria el rector de Llenasquer d'un empatx de moixernons. Érem al cor de l'hivern, pels volts de Sant Antoni. El temps es mostrava assolellat, però de nit feia un fred que gelava el pensament. Des de Malpui vam saber de seguida que s'havia mort el capellà, perquè les campanes de Llenasquer tocaven a morts cada hora. L'endemà, Llenasquer era un poble desconegut. Els carrers eren una bullidera de gent dels pobles veïns i de capellans, sobretot de capellans, perquè hi havien acudit de tota la comarca. A l'església, no s'hi cabia pas, ni de bon tros, i la multitud ocupava tot el carrer de Missa. Era realment impressionant sentir tants capellans alhora cantant-li el gori-gori. Però l'ambient que es respirava no era pas trist i llastimós com en molts enterraments, sinó tot el contrari. Alguns veïns no s'estaven pas de dissimular la seua satisfacció:

—Ara ja no ens farà pedregar més!

—No cridis gaire, que, amb els seus arts de bruixot, encara pot ressuscitar —feia un altre.

Un cop al cementiri, es va produir una escena lamentable, que ens va fer caure la cara de vergonya a la majoria dels assistents. Els enterradors van obrir la tapa del taüt perquè tothom el pogués veure per darrera vegada, abans de davallar-lo a la tomba. Enmig d'aquell silenci respectuós, un bordegot de Llenasquer s'atansà al taüt, aixecà el cap del cadàver i li col·locà una llosa per coixí, tot cridant:

—Ens has fet pedregar cada any, doncs ara dormiràs ben dur!

Tots els capellans van quedar d'una peça. La multitud emmudí totalment. S'hauria sentit volar una mosca. Només al fons se sentia algun xiuxiueig. Finalment mossèn Serafí va començar un Parenostre i tots els assistents s'hi varen afegir.

La mort de mossèn Miquel s'havia produït d'una manera estranya, però, segons deien, no pas inesperada. Patia de l'estómac des de feia temps i, segons explicava la majordona, darrerament el metge de la Pobla no li havia donat gaires agalius. Un any de vida, a tot estirar. Era sorprenent, però, la rapidesa amb què havia tingut lloc el traspàs. Havent dinat —deien— la majordona havia sortit a prendre el sol al recer de la plaça amb altres velles de Llenasquer. A posta de sol tornà cap a la Rectoria. A la cuina va trobar que el rector s'havia fregit un pot de moixernons en conserva, però no se n'estranyà perquè altres vegades ho havia fet. En no sentirlo carallear ni moure's pel despatx, entrà a l'habitació i se'l trobà de cos present. No havia tingut esma ni de treure's la sotana i feia cara de trobar-se al setè cel.

Personalment aquest fet em capgirà algunes de les hipòtesis anteriors. El meu principal sospitós fins aquell moment esdevenia ara una nova víctima d'aquella rècula de crims. A mitja hora de Malpui, en direcció oposada a la borda del Xollat i a sis mesos justos després de l'anterior assassinat. No hi havia cap mena de dubte que una ment freda i criminal seguia enviant ànimes cap a sant

Pere amb total impunitat. Finalment, però, havia trobat el desllorigador del missatge, almenys de la majoria dels seus mots. En efecte, la geografia dels fets prenia ara decididament la forma d'una creu llatina: només mancava per dibuixar el cap. El proper crim seria el sisè i tindria lloc —suposava— a mitja hora de Malpui, en direcció nord. Almenys això és el que interpretava jo llavors de l'expressió «crucificat amb sis nafres».

Respecte al dia i al lloc concret, no tenia tampoc cap dubte. Aquest any de 1922 la Pasqua s'esqueia el 16 d'abril, i doncs «la lluna plena de l'abril» no podia ser altra cosa que el pleniluni de la Setmana Santa, concretament la nit del Divendres Sant. Quant a l'indret concret del crim, el descobria dissimulat en la primera frase, en el mot «espluga».

A mitja hora exacta de Malpui pel camí de la Roca, es troba el forat de la Querota, la famosa cova de l'Infern de què us he parlat en més d'una ocasió. Molt probablement l'assassí es volia aprofitar de la protecció que li oferia la llegenda supersticiosa de l'espluga, per tal de cometre allí impunement el seu darrer assassinat.

En resum, doncs, les dues primeres frases del missatge, «va néixer en una cova» i «moriràs crucificat amb sis nafres la lluna plena de l'abril» se m'apareixien així d'una evidència més transparent que el vidre. Quant al detall de la segona persona «moriràs», suposava, com us he dit més amunt, que la víctima fóra el receptor del missatge. Havia desxifrat així les dues primeres frases, la tercera seguia essent per a mi un misteri.

Mancaven tres mesos perquè arribés el dia esperat. Tres mesos de cabòries, de vacil·lacions, d'un autèntic calvari. Dintre meu es lliurava una dura batalla entre el sentiment i la raó. El cor em deia que no podia ser veritat, que aquell home era un tros de pa i que no podia tenir res a veure amb totes aquestes accions criminals. Però el cap em mostrava l'evidència dels fets i mossèn Serafí se'm presentava com l'únic sospitós.

Els meus raonaments em feien sospitar del meu mestre, la qual cosa vol dir que ja no el reconeixia com a tal. Els meus raonaments m'havien fet perdre un gran amic, l'únic de la meua vida, i ara tornava a estar més sol que una aranya de forat. Mestre i amic, tot perdut per la meua tafaneria racional! Però, ¿no era precisament mossèn Serafí qui m'havia ensenyat a raonar? Sovint em venia a la memòria un consell que em donà a propòsit de la meua recerca: «Compte amb la raó! És una arma perillosa i podries pendre mal!».

Tanmateix, la meua situació era semblant a la d'aquell gos de caça que fa temps segueix el rastre d'una magnífica peça. En aquests moments és a punt d'atrapar-la i, peti qui peti, vol arribar fins a la fi.

Durant el dia només m'aixecava per anar a plegar fem. Després me'n tornava al llit i feia veure que em trobava malament, per no haver d'anar a la Rectoria. Mossèn em venia a veure sovint:

—No et facis mala sang, veuràs com amb el bon temps et recuperaràs i tornaràs a tenir ganes de viure!

A la nit no hi havia manera de trencar el son. Donava tombs i més tombs pel llit i embrutava els llençols de sang. A vegades m'endormiscava i em despertava amb la il·lusió d'haver tingut un malson durant molt de temps. Em llevava neguitós i em feia a la finestra: a la nit del defora la lluna d'abril era cada cop més grassa.

En un primer moment havia planejat d'anar-me a amagar prop de la cova la tarda del Divendres Sant, el dia que la lluna feia el ple. Mentrestant, mossèn Serafí i tot el poble serien a l'església pels Oficis. Després vaig considerar que la meua absència podria ser sospitosa. (El Xic de la Tonya no havia faltat mai a cap acte religiós!) Vaig decidir d'esperar més tard fins que colés el sol.

A bocafoscant, així que es començava a fer fosc, vaig dir a casa que me n'anava a la Rectoria. I prou que m'hi vaig arribar, però només per espiar i assegurar-me que mossèn «encara» no se n'havia anat. Moments després, protegit per la foscor, enfilava el corriol de la Roca. Llau de Malpàs, Tossal de l'Oració, els Carants, Golerot dels Llops... recordava els topants dels meus anys de cabrer. Me'ls sabia de cor, malgrat que ara les distàncies em semblaven més curtes. Potser per la fal·lera que tenia d'arribar aviat a la cova o potser perquè de xic les coses et semblen més grosses i els camins interminables. Havia pres el morralet i, a corre-cuita, havia arrambat unes quantes espelmes, teies i una capsa de llumins. També havia agafat un mos de pa i un bon tall de xoriç, per si de cas havia de passar la nit fora de casa. Amb les presses, no em vaig recordar que aquell dia era vigília i no es podia menjar carn.

A mesura que m'allunyava del poble, el meu esperit s'asserenava. Em sentia més segur a recer de la foscor. El silenci era gairebé total, només la fressa de les cames fregant argelagues i malesa. De tant en tant, el crit del gamarús ressonava per tota la canal. El meu padrí m'havia explicat que aquest moixonet nocturn és un cabrer que ha perdut el ramat i ara cada nit crida les cabres amb un udol angoixós i baladrer. Jo també havia estat un cabrer, però en aquest moment no estava pas per cabres, precisament. Feia temps que les havia oblidat.

A vegades els meus peus feien caure una pedra damunt d'un esbarzer, llavors una merla escatainava desesperadament, i amb una remor d'ales desapareixia costes avall. Respirava cada cop amb més dificultat. Treia un pam de llengua: per als meus pulmons, aquell esforç era del tot fora de mida.

Em vaig aturar uns moments al Pla de l'Arreposador. Des d'aquell mirador havia observat tantes vegades el poble! Ara, però, cap avall tot era negre com la gola del llop. Tot d'un plegat, una melodia coneguda pujava d'aquell pou de foscor:

Per vostra passió sagrada!
Adorable Redemptor...

«A Malpui, ja comencen el Viacrucis», vaig pensar.

Això volia dir que mossèn «encara» era al poble. Em vaig confortar bona cosa. Significava també que ja m'haurien trobat a faltar, que tot déu ja es deuria preguntar on era el Xic de la Tonya.

—Pobre xicot, tan jove i ja deu tornar a ser al llit amb un atac de tos. Potser ja fa les últimes...

Quants comentaris semblants devia haver suscitat el meu mal durant aquells set anys! «En realitat, però —pensava—, aquesta xacra del cos ha estat la salvació per al meu esperit. Gràcies a la malaltia vaig poder aprendre les lletres i escriure les paraules, que són com el mirall de les coses... Si aquella nena no m'hagués embruixat, potser encara correria darrera les cabres com un salvatge per aquests caps de roca. Segurament ja m'haurien comprat un ramat d'ovelles i Ca la Tonya fóra avui una casa amb empenta. Probablement l'ermità d'Erboló ja m'hauria trobat una mossa per la muntanya. O, qui sap, potser llavors la Rosa... Si fos un xicot robust i valent, ara cantaria allà baix la tercera caiguda de Jesús. En fi, si fos un xicot com els altres (no hi ha volta de full), aquesta nit no estaria ací dalt, sol i sense alè, però a punt de descobrir un gran secret, a punt d'entrar en un lloc prohibit a tots els meus veïns».

Acabats els cants, vaig reprendre l'ascensió. Havia fet ja més de la meitat del camí i, doncs, l'espluga no podia ser gaire lluny. En arribar a Portella i sortir a la carena de la Roca, vaig entrellucar l'entrada de la cova. Era una ombra més fosca que les altres ombres, arrodonida com una alzina.

—Ara et caldrà amagar i estar a l'aguait.

Em vaig afanyar per parapetar-me darrera una roca, des d'on pogués observar l'entrada sense ser vist.

Va passar mitja hora, potser tres quarts. De sobte, una claror estranya il·luminà el meu amagatall. Darrera la carena de l'Orri treia el cap la lluna, magnífica i radiant.

—La lluna plena de l'abril!

Era el senyal del missatge. Havia arribat l'hora d'actuar i calia fer-ho abans que fos massa tard. Em vaig afermar el morrallet ben estret al cos, fent passar el cap i el braç esquerre pel buit de les vetes. Després vaig plegar uns quants cantals arrodonits i em vaig encaminar cap a la cova. En cas de necessitat, confiava que la meua bona punteria em proporcionaria el cop de mà decisiu.

Una espessa baürta de coscolls, roldors i boixos barrava l'entrada per davant, però era l'únic lloc per on s'hi podia accedir, perquè pels altres costats hi havia els murs de la penya. Vaig haver de fer mans i mànigues per travessar tot aquell embalum de vegetació salvatge, abans de guanyar la roca. Si en devia fer d'anys que cap persona no hi havia posat els peus!

Tal com havia observat de lluny, l'entrada era una sala espaiosa i alta de sostre. Arrecerada i oberta al migdia com totes les esplugues del país. La lluna la il·luminava gairebé de cap a cap, només en el racó de l'esquerra deixava entreveure una taca d'ombra.

—El forat que mena a l'infern! —vaig suposar.

Amb una teia encesa a la mà esquerra i un roc a la dreta avançava pas a pas cap a dins amb tots els sentits en tensió. Si us he de ser sincer, no era pas tota la por de la guineu! Després d'unes deu passes, el passadís s'estretia progressivament. Acabava en una mena de forat, que no tenia gaire més de set pams d'alçada per tres d'ample. Hi vaig atansar la teia per il·luminar-lo: unes passes més enllà, semblava eixamplar-se de nou... No havia fet encara la tercera passa que ja vaig veure aquell sorprenent penjoll. Era un mocador de farcell, com els que s'empren per anar a plegar bolets, el qual penjava del sostre lligat amb una soga.

—Deu ser ple de moixernons!

Al mateix temps, els narius se m'omplien d'aquella oloreta embriagadora de farina fresca, que des de xic em feia perdre l'oremus. Instintivament hi vaig llençar amb fúria el cantal que estrenyia amb la mà dreta.

Tot just si vaig poder sentir el cop, tou però contundent de la pedra contra el penjoll, quan es produí un terrabastall estrepitós. Semblava que el sostre de la cova s'ensorrés, que la muntanya sencera se n'hagués d'entrar. Enmig de l'estrèpit, vaig sentir un cop contundent a la cuixa i vaig perdre el món de vista.

XIII

M'HE DESPERTAT estossegant, amb el gust de pols a la gola. Tenia un malson angoixós: somiava que m'enterraven viu. Des de dintre la caixa tossia fort perquè em sentissin. A fora, però, seguien cantant les estacions del Calvari.

A poc a poc, m'he anat fent càrrec del moment:

—Ets el Xic de la Tonya, altrament dit Amat Escrivà. Has tingut un accident i estàs a punt de descobrir un gran secret!

He encès una espelma. Deu haver passat molt poc temps, perquè l'aire encara és ple de pols. Llavors en un costat he vist la taula i la cadira, i la senalla plena de menjar, i una carta amb el meu nom... A corre-cuita he encès una altra espelma i he començat a llegir:

Amat Escrivà,

N'hi haurà prou per ara de dir-te que sóc mossèn Miquel, rector de Llenasquer, i que et parlo des de l'infern. És clar que et vaig preparar aquest parany abans d'anar-me'n d'aquest món, perquè desconfiava que el Pere Botero em donés permís per tornar. Era una trampa que no podia fallar, si tu seguies intel·ligentment el camí dels teus raonaments. Confiava en la teua agudesa d'esperit i no m'has pas defraudat. Enhorabona, doncs, perquè has sabut arribar lúcidament fins al final del teu camí!

El detall que siguis tu la víctima, la sisena i última que completa la creu, no té gaire importància. No t'hi trenquis el cap, que això és una fotesa accidental, comparat amb la transcendència del moment. A més a més, sempre has estat un nyicris i els teus pulmons no haurien resistit gaires anys més en el món dels vius...

Comença a fer-te càrrec que per als teus és com si ja fossis mort. Ningú no s'imaginarà que estàs enterrat ací dalt. I, encara que ho sabessin, ni el més pinxo no gosaria rescatar-te d'aquest infern. Ara ets un moixonet enxampat a la llosella, un tord espavilat —massa espavilat— que jo he caçat amb el deliciós esquer del moixernó. Si vols, pots provar de sortir, però t'aconsello que no perdis el temps. Mira, xicot, la roca que tapona l'entrada no la faria moure ni la força de deu homes, encara que tinguessin els minairons al cos. Et recomano més aviat que reservis les teues energies per a una altra feina més important. Has begut oli i és hora de pensar en els assumptes de la teua ànima, perquè a partir d'aquest moment tens els minuts comptats.

Asseu-te, doncs, confortablement a la cadira. Recobra l'alè, asserena't i segueix amb atenció la lectura d'aquesta carta. Hi tens tela per estona.

Tot va començar fa prop de vuit anys amb la mort de la Quelona. Te'n recordes? Al final de la seua vida, la Quelona era una bruixa acabada. A poc a poc, s'havia anat obsessionant per la condemnació de la seua ànima i la pobrota tenia un pànic tan gran per les penes de l'infern, que no dormia pas sempre que tenia son. És clar que jo, modestament, també hi havia col·laborat, en aquesta conversió. Alguns dimecres, en pujar de mercat, passava per la Rectoria al·ludint qualsevol pretext. Jo la convidava a un gotet de vi i fèiem petar la xerrada. Així me l'anava guanyant. Un dia em confessà, després d'uns quants gotets de vi, que tot el seu poder de bruixa el devia a una classe especial de bolet, «el moixernó de Sant Ambròs». Des de llavors no va tornar a visitar-me més i fugia de mi com de la pesta.

Un any després, en caure malalta de mort, va demanar pel rector de Llenasquer. Vaig haver d'escarrassar-me de valent perquè em confessés l'indret d'aquella moixernera fabulosa. Al principi no hi havia forma de treure-li-ho del pap. Finalment ens vam entendre: ella m'indicaria el lloc exacte, a canvi que jo li digués cinc-centes misses. Ja sé, Amat, que és una quantitat exagerada, però la vella no volgué baixar del burro: o això o res. I, de fet, aquest fou l'únic tracte possible perquè la Quelona assolís la glòria celestial, i el rector de Llenasquer, el paradís terrenal.

Abans de fer l'ànec, aquella bruixota encara m'havia de fer una mala passada. Les seues darreres paraules foren: «L'hereu de la Roieta i el seu bordegot també saben el secret!».

Enterrada la vella, només em calgué tastar el primer moixernó per decidir immediatament la mort d'aquells que algun dia me'ls pogessin rapinyar. Sinó que una cosa així no es podia pas fer a la babalà. Vaig haver d'esperar quatre anys abans de liquidar l'hereu de la Roieta, l'any de la grip. Era un home valent i se'm presentava prou complicat d'enllestir-lo. Sort que el meu vi de missa fou un somnífer ben eficaç. Després, llençar-lo a la bassa fou com bufar i fer ampolles.

Al cap de dos anys, vaig aprofitar l'ocasió de ser a Malpui per ajudar mossèn Serafí en les comunions. El pobre Agustinet va caure fulminat, després de rebre una hòstia tan ben consagrada que hauria matat un cavall. M'estalvio les conseqüències i els comentaris de la gent, perquè bé els coneixes prou, de sobres.

Vaig descobrir després que en realitat la Quelona i els de Ca la Roieta no es podien veure ni en pintura. I ara estic convençut que aquella mala bèstia de vella em va ensarronar com un beneit. Es volia venjar dels de casa la Roieta i, de cop i volta, es va adonar que ho tenia molt fàcil. Només calia relacionar l'hereu i el plançó amb la moixernera i el rector de Llenasquer ja s'encarregaria de liquidar-los.

Però en allò que no m'havia enganyat la Quelona era en les qualitats d'aquells moixernons. Havia llegit abans alguna referència en un llibre de bruixes, però no imaginava que poguessin créixer ací dalt, ni que tinguessin un gust tan prodigiós. Durant aquests anys he tingut el paradís al meu abast. M'he enlairat com l'astoret i he corregut la Seca, la Meca i la Vall d'Andorra. M'he capbussat en el meu interior com un talp dins de la terra i quedat ullprès de les meues meravelles. Capaç de fer tots els papers de l'auca, he dominat les persones i les coses. He fet ballar els meus feligresos com una baldufa. En realitat no hi ha mots per expressar tot el que he vist, sentit i fet, perquè les paraules només serveixen per referir-se a coses i fets que tothom veu. Jo he traspassat els límits de la realitat. Ni la nostra llengua ni cap altra no són aptes per expressar les sensacions del meu món al·lucinant. En una ocasió vaig sentir algú que comentava que el capellà de Llenasquer «estava tocat del bolet». Vaig pensar que no anava pas gaire lluny d'osques, que només li calia canviar la preposició per encertar-la de ple. Sí, Amat, «tocat pel bolet». (Però no pas «tocat de l'ala», perquè —com et deia— he volat més que un aligot.)

La meua felicitat, però, no durà gaire. Vet aquí que un bon dia apareix un mocós de Malpui disposat a fer-me la guitza. Fou realment una casualitat poder-lo descobrir, sense que ell se n'adonés. Com cada any per les confessions de Quaresma, havia vingut a Malpui a donar un cop de mà al rector. (Ja saps que mossèn Serafí és molt romancer i les seues confessions semblen la cançó de l'enfadós.) No sé per què, aquella tarda em vaig entaforar al confessionari de l'esquerra, que era el lloc on confessava habitualment el capellà del poble. (Te'n recordes? El foraster ho solia fer en un altre que se'n muntava de provisional a la sagristia.)

Quan ja començava a pesar figues, fart de sentir sempre els mateixos pecats, vet aquí que passa el Xic de la Tonya i em comença a explicar una història que em va fer treure de seguida la son de les orelles. Sens dubte, tu creies que et confessaves amb el teu amic, mossèn Serafí. Vas fer al·lusió al teu quadern de notes, als tres assassinats en línia recta, als moixernons. Parlaves pels descosits i jo, tot estrafent la veu, et donava corda perquè m'ho confessis tot. Aquell dia sí que vas fer un pa com unes hòsties!

Així fou com em vaig adonar que tú em seguies el rastre com un perdiguer i que estaves disposat a fer-me la santíssima. Tenia por que descobriries l'engany, per això et vaig manar una penitència una mica especial. Te'n recordes? «Vés fins a la Mare de Déu de l'Espluga i resa-hi tres parenostres i tres avemaries». Quan vas tornar, ja m'havia canviat de confessionari i ja només pensava que t'havia de liquidar, si volia seguir tranquil amb el meu paradís. Això aviat està dit, no pas fet! Suprimir impunement el Xic de la Tonya, un bordegàs malaltís que no se sol moure de Malpui, sempre enganxat com una paparra a la sotana del capellà, no era pas una feina fàcil. Se'm va ocórrer llavors de jugar al teu joc del gat i la rata. Jo jugaria amb avantatge perquè t'havia vist les cartes.

Escolta, Amat, amb la primera mort del teu compte particular —la del pastor del Batllevell—, mossèn Miquel no hi té res a veure. Un pobre pastor, més pelat que una rata de sagristia, estimbat amb un farcell de moixernons, ¿per quins set sous creus que ha de ser un assassinat? ¿No veus que igualment es podria tractar d'un accident o fins i tot d'un suïcidi? De totes formes, no crec que ho sàpiga mai ningú. Per seguir el teu joc, el rector de Llenasquer va acceptar de carregar-se el mort, no li venia pas d'un! Provisionalment, és clar!

No et pensis, vaig estar dies trencant-me el cap per veure com calia seguir la teua línia per tal d'atrapar-te. Vaig donar voltes i més voltes a l'assumpte, fins que un dia em vaig recordar de la llegenda del Forat de la Querota que tu mateix havies explicat al foc de casa teua durant aquell hivern de tertúlies que va organitzar mossèn Serafí. No se m'havia ocorregut abans perquè quan tu la vas explicar, aquell dissabte de gener de 1920, encara no t'havies confessat amb mi i doncs no podia pas saber que em seguies el rastre. Recordo, a més, que en aquella època jo només pensava en la manera més segura i eficaç de liquidar l'Agustinet de la Roieta.

El Forat de la Querota era realment el lloc adequat per caçar un moixonet tan llest i tafaner com tu. Tu mateix doncs m'havies indicat, sense adonar-te'n, l'indret exacte on preferiries que jo cavés la teua sepultura. A partir d'ara t'havia de dirigir cap aquest sepulcre infernal. Per això, t'hauria d'engormandir amb un parell més de crims, cadascun dels quals caldria situar a mitja hora de Malpui. El fet que la geografia prengués ara la figura d'una creu llatina era un detall que estava segur que t'intrigaria. Havia de respectar també la llei del temps: el primer tindria lloc al cap d'un any, i l'altre després de sis mesos, poc ençà, poc enllà.

La pobra vella del Xollat no hi tenia res a veure amb els moixernons ni amb aquesta història, però la seua borda tenia la particularitat de trobar-se a mitja hora de Malpui pel camí d'Organyà. Em venia, doncs, com l'anell al dit per dibuixar-te el braç esquerre de la creu. Un moixonet m'havia dit que el rector de Malpui havia d'anar tal dia a la Seu. Vaig aprofitar l'ocasió per fer esfumar la vella precisament aquell matí. D'aquesta manera sabia que, al meu perseguidor, se li complicarien les coses. A partir d'ara hauries de sospitar també del teu amic. Això faria que prescindissis d'ell en aquest assumpte i que tu, tot sol, continuessis la recerca. Només així, sense confidents ni cirineus, era possible de caçar-te.

Quant al missatge, xifrat i en llatí, no era pas tan fàcil d'interpretar com beure's un ou, però confiava en el teu enginy. A més a més, les qüestions embrollades encara solen engrescar més la nostra tafaneria. Quan tornàvem de la Seu i passàvem per l'indret de la borda, em vaig despistar un moment del meu company, amb l'excusa de pagar el sastre. La posició de la clau i del paper sota la salera ja no era la mateixa en què jo els havia deixat. Això m'assegurava que tu havies rebut el meu missatge. Respecte a la vella, liquidar-la fou camí batut: esperar que entrés al corral a estacar la ruca, tancar la porta per fora i calar foc al paller.

Llavors ja només mancava fer una malifeta a Llenasquer, al cap de sis mesos, per confirmar-te que anaves per bon camí. Feia un quant temps, però, que no em trobava gaire bé de la panxa. Darrerament no se m'hi aguantava res i tot ho orxegava. La majordona em preparava tota mena d'herbes i pegats, però el mal encara augmentava. Vaig anar a fer-me visitar pel metge de la Pobla, el doctor Casanoves. Mala martellada m'endinyà: «Tens els budells foradats, no crec que puguis viure gaire temps».

La mort m'agafava així d'improvís i canviava tots els meus plans. Foren uns dies de reflexions i de dubtes. ¿Què era el millor que podia fer? El penediment de les meues malifetes i disbauxes fou el primer que se'm va ocórrer. Pujaria a confessar-me amb mossèn Serafí, li explicaria fil per randa totes les meues maldats i faria penitència el temps que em restés de vida. Però després em preguntava: «¿Creus que les teues infàmies i orgies d'aquests anys tenen el perdó de Déu per uns quants dies de contrició? A més, hauries de confessar a mossèn Serafí el teu secret de la moixernera i, ¿qui t'assegura que quan tu faries malves ell no cauria en la temptació? Estàs condemnat i no tens perdó de Déu, però portes una feina entre mans que hauries d'enllestir».

La veritat, xicot, em començava a entusiasmar aquesta

partida que jugava amb tu i em sabia greu d'anar-me'n sense haver pogut jugar totes les cartes... Després de molt rumiar, vaig decidir que, mort per mort, jo seria la penúltima víctima de la cadena. Així, des de l'infern, et jugaria l'últim trumfo... i faria les deu de la darrera. Per altra banda, només amb la meua pròpia mort —una mort avançada, al cap i a la fi— em podria redimir. D'aquesta forma, no temptaria mossèn Serafí ni cap altre capellà. Qui sap si amb el meu sacrifici Déu tindria pietat de la meua ànima!

Una tarda, mentre la majordona era a prendre el sol, em vaig cuinar una bona cassola d'aquells moixernons de Sant Ambròs, confiat que amb ells faria el meu darrer viatge. Uns dies abans havia anat a calar foc a la moixernera i t'havia deixat aquesta cambra a punt de solfa.

Ara, Amat, el capellà de Llenasquer és també el teu confessor, l'únic sacerdot que et pot assistir en aquests darrers moments de la teua vida. «Tu es sacerdos in aeternum» —em digué el Bisbe el dia que em va ordenar. «Per sempre», sents?, fins i tot, després de la mort. Si vols salvar la teua ànima, ja pots començar a fer bugada i confessar-me tots els pecats. Si em permets, et donaré un cop de mà, no fos cas que la memòria et jugués una mala passada. Comença, doncs, a entonar el mea culpa: «M'acuso d'haver envejat tota la vida la salut, el nervi i la fortuna del meu germà gran, fins a haver desitjat secretament la seua mort. M'acuso d'haver parlat amb els meus padrins només amb la intenció d'aprofitar-me de les seues experiències i records. M'acuso d'haver malpensat del meu millor amic, de l'home que em va treure de l'estat salvatge. M'acuso d'haver-me considerat superior als altres, només perquè sabia de lletra... d'haver confiat, a ulls clucs, en el poder de la meua intel·ligència, d'haver entrat en un lloc prohibit per a tots els meus contemporanis». Demana perdó a Déu amb humilitat!

Sàpigues que tota la teua vida ha estat dirigida per la Pro-

vidència perquè arribessis fins aquí, fins en aquest infern, que pot esdevenir la teua salvació. Per això, per arribar on ara ets, al teu pare li van canviar la dona, et vas posar malalt, vas aprendre de lletra amb mossèn Serafí, et vas escapar de la passa del grip... Per això, a la Rosa se li van inflar les popes sota la brusa i tu et mories de desig. Tot estava previst i tu només ets un penitent de Viacrucis que ha arrossegat la creu fins en aquest sepulcre.

I ara ha arribat el moment de manar-te la penitència: escriu el Viacrucis de la teua vida. Escriure una història, arrenglerar una colla de mots amb sentit és una feina abnegada i costeruda, que fa suar tinta. (Tu ho saps millor que jo!) Però tingues en compte que només amb aquest darrer sacrifici et podràs salvar.

A més, ¿no havies desitjat en secret més d'una vegada d'escriure un llibre que perpetués els teus records i els de la gent de Malpui? Un llibre que donés sentit a la teua vida de malalt? ¿Quantes vegades no t'havia temptat la idea de compondre un llibre teu, que no et deixés morir del tot? ¿No t'adones, Amat, que segons com t'ho miris, t'ha sortit el sol a mitjanit? Tu, l'amant entusiasta de tota mena de relats i d'historietes, et pots convertir ara en l'autor i protagonista de la història més fabulosa que mai haguessis pogut imaginar.

Tens l'oportunitat d'esdevenir el centre d'un relat, en el qual descansin, com en la biga comunera d'una teulada, totes les altres historietes, rondalles i facècies que t'han explicat. Tens l'oportunitat de salvar del naufragi el palauet fantàstic dels teus avantpassats! Sé que portes el teu inseparable quadern on has anat gargotejant moltes històries; només cal que ordenis el material i ho passis en net. Apa, doncs, enfila l'agulla i comença a cosir amb el fil de la teua vida els drapets de totes les històries. A veure si ets capaç de teixir el tapís, real i a la vegada fantàstic, del teu poble! Enllestida la catorzena i última estació del teu

Calvari, trobaràs a la darrera pàgina del quadern un sobre tancat amb «l'oració final». Resa-la devotament: és el postrem requisit penitencial per assolir la salvació de la teua ànima. No et passi pel cap de resar-la abans d'hora, perquè llavors la teua penitència se n'aniria en orris!

Em sembla que per mitjans no et pots queixar. Sóc conscient que això de l'escriptura exigeix una certa comoditat i hi he fet el que he pogut. Amb una sabata i una espardenya no es pot escriure gran cosa de bo. Per això, durant uns quants dies em vaig escarrassar per deixar-te aquesta cambra com un llit de roses. (Dintre d'unes limitacions, és clar.) A la senalla trobaràs espelmes, menjar i beure per dos o tres dies, tinta, plomes, un diccionari i, per descomptat, un quadern nou.

Som-hi doncs, Amat, mans a l'obra que la processó és molt llarga i la candela fa estona que crema. Estigues ben segur que, si compleixes la penitència, assoliràs la glòria. (Potser, fins i tot, em treuràs a mi de l'infern.) Si no ho fas, camina fins al final de la galeria i ens veurem a la caldera.

El teu botxí, confessor i amic que et vol bé,

MIQUEL LLUCIÀ, pvre.

XIV

ESTIC rendit de tant escriure. Tinc el braç dret baldat i la ploma m'ha encetat la pell dels dits. Fa hores que estic assegut en la mateixa posició, em sento el cos esllomat i els ulls em fan mal. L'aire rellent de la cova s'ha enrarit amb el fum de les espelmes i els meus delicats pulmons se'n ressenten. Per la quantitat d'espelmes cremades, compto que, pel cap baix, ja devem ser a la matinada de Pasqua. Durant hores i hores sense descans, he omplert a rajaploma una pila de fulls. Només de tant en tant, he menjotejat sense gaire gana, per tal de poder resistir fins a la darrera pàgina. Tinc encara recapte per un parell de dies, però no penso tastar res més. Ara ja no cal. Tampoc no he volgut cedir a les temptacions de la son, i això que he arribat ben atrapat. A vegades se'm cloïen els ulls i començava a pesar figues, llavors em fregava les parpelles amb una mica d'aigua i feia un gran esforç per deixondir-me. Tenia por que m'adormiria per sempre i que el quadern quedaria a mig fer.

Déu m'ha donat les forces necessàries i ara m'empasso la darrera gota del calze de la vida. Encara que en aquest moment desaparegués la roca de l'entrada i pogués sortir lliurement, penso que probablement restaria en aquest mateix lloc, vora el quadern. He arribat a la darrera estació del meu Calvari i no em fa cap il·lusió de tornar allà baix, al món dels vius, i carretejar de nou la meua creu. Hauré assolit la redempció en aquest esforç? Si més no, em sento tranquil i alliberat, com si m'hagués descarregat d'un gran pes que arrossegava des de xic, des de molt xic, potser des del mateix dia del meu naixement, quan els tonyos arrencaven ceps i plantaven olivers a la Colomina.

Full rera full, he anat cremant la llibreta que em lliurà mossèn Serafí. No vull deixar més imatges ni esborranys de la meua vida, ni de la dels altres, que aquest quadern que ara acabo d'omplir. Després, he ajuntat totes les espelmes i teies que m'han sobrat i n'he fet una gran torxa, com un ciri pasqual.

Ara observo la meua ombra projectada sobre la paret del fons de la cova. Batega i s'estremeix contínuament. És un altre jo, un altre Amat Escrivà més despert i neguitós, que malda per sobreviure. També aquest quadern que ara gargotejo amb lletra cada cop més indecisa és una mena de mirallet que reflecteix el meu passat. Aixeco una mica el quadern de la taula i la seua ombra s'agita sobre el mur del fons, davant l'ombra de l'Amat...

L'Amat que escriu a la taula, l'Amat del quadern, l'Amat de l'ombra, l'Amat de l'ombra del quadern. ¿Quin és, de tots aquests, el veritable Amat Escrivà que visqué i patí en un raconet de la terra, a principis del segle XX? Ben aviat aquesta pregunta deixarà de tenir sentit. L'essencial és que una d'aquestes imatges el perpetuï més enllà de la mort. Dintre de poc, em deixaré amanyagar per aquesta son dolça que fa estona que m'espera i, recolzat sobre la taula, faré la darrera i definitiva becaina. Llavors, gràcies al ciri pasqual, seguiré palpitant qui sap les hores sobre la paret de l'espluga.

Malgrat la fatiga, en aquests darrers instants intueixo lúcidament el sentit de la meua vida. Ensumo que, al cap i a la fi, potser només he estat un titella mogut per moltes mans. En els darrers anys de la meua existència, dos capellans s'han entestat a fer-me escriure un llibre: l'un m'ha instruït i l'altre m'ha manat els deures. L'un, servidor de Déu, i l'altre, sequaç del diable; ambdós ministres de l'Església. Estic segur, però, que a la vegada darrere seu hi ha un titellaire superior que els manipula, que fa ballar grotescament les seues sotanes de putxinel·li. Un gran guinyol, tot plegat!

Les idees em vénen al cap i desapareixen abans que pugui donar-los les formes de frases, molt abans que la meua mà dreta tingui temps de fixar-les sobre aquest paper... Recordo la tragèdia clàssica, la més tràgica de totes... «Èdip, fill de Fortuna, s'arrenca els ulls per no veure el seu infortuni...» ¿Què hauria passat si no hagués resolt l'enigma de l'Esfinx?... Èdip, titella dels déus, condemnat a les tenebres per haver encertat l'endevinalla! Deliris de moribund o espurnes de lucidesa? Qui sap!

Sigui el que sigui, vull representar tan bé com pugui el meu paper fins al final. D'ací a uns moments obriré el sobre i resaré l'oració final. Després tancaré el quadern, l'embolicaré amb la meua roba i el desaré en un lloc segur de l'espluga, on no hi hagi goteres. Com un nàufrag moribund que llença al mar el seu darrer missatge, esperançat que, en una platja llunyana, un xicot amic de la lectura, com tu, estimat lector, llegirà la meua història.

ORACIÓ FINAL

«Al·leluia! Exulta de joia, Amat, perquè amb el teu gran sacrifici manuscrit has guanyat la indulgència plenària. Gràcies a aquesta trena d'històries t'has alliberat de la mort, semblantment a Scheherezade a Les mil i una nits. *(I malgrat que en aquesta ocasió el «rei moro» no arribi a llegir mai el teu llibre, no obstant això, estic segur que te n'has sortit airós.) A més, aquest sacerdot, pecador penedit, no té pas la intenció d'embrutar-se les mans amb la sang d'un altre innocent. Et concedeixo el perdó perquè has purgat les teues culpes amb escreix. Compta catorze passes des de la taula en direcció al passadís del fons. A la paret de la dreta veuràs una petita creu negra sobre una llosa. (Fixa-t'hi bé perquè és molt dissimulada i podries passar de llarg fàcilment.) Amb uns cops suaus sobre la creu, la llosa es desprendrà de la paret perquè només està enganxada amb cera. El forat comunica a una nova galeria, a través de la qual arribaràs a l'entrada de l'espluga... Ja veus que el teu sacrifici no ha esdevingut estèril.*

»Al·leluia! Al·leluia! No t'ho facis dir dues vegades, Amat. Agafa el quadern i abandona aquest sepulcre, que encara no ha arribat la teua hora. Ja et cridarà Déu Nostre Senyor quan Ell ho cregui convenient. Vés a trobar el teu amic, mossèn Serafí, i reconcilia't amb ell. Que llegeixi la meua carta com allò que realment és per a mi, en aquests darrers instants de la meua vida en què l'escric: la confessió sincera d'un moribund penedit.

»Al·leluia! Al·leluia! Al·leluia! Ressuscitaràs d'entre els morts el tercer dia i apareixeràs davant dels teus amb la bona nova d'un llibre, amb l'evangeli del teu poble sota el braç. Amén».

Confio que amb la seua absolució i amb la infinita misericòrdia divina obtindré la remissió dels meus pecats.

ANEX

ACLARIMENTS LINGÜÍSTICS

La llengua és un mitjà de comunicació eminentment universal. Conscient d'aquest principi, el narrador s'ha guardat prou bé de no caure en la temptació de folklorismes dialectals. I això que operava sobre una parla —el «pallarès»— amb uns trets fonètics i morfològics ben peculiars dins del nostre àmbit lingüístic.

Malgrat això, hi ha, a la novel·la, tot una sèrie de mots i expressions, que avui els estudiosos titllen de «dialectals», pel fet de no figurar en els diccionaris normatius. Pensem que, en la majoria dels casos, es tracta d'expressions ben genuïnes de la nostra llengua, les quals han tingut la mala sort de sobreviure en racons aïllats de la geografia.

Per altra banda, el narrador sembla seguir al peu de la lletra el mestratge de mossèn Serafí, segons el qual, és molt raonable de suposar que una casa construïda al Pallars tingui alguns materials que només es troben en aquesta comarca. Aquests trets peculiars no l'han pas de fer estranya i inhòspita a la resta de catalans. Tot el contrari, l'harmonitzen millor dins del paisatge; la fan més atractiva a tots els lectors que la visiten, els quals s'hi troben com a casa seva.

LÈXIC

L'autor empra una quarantena de mots que no apareixen al Diccionari Fabra:

Agalius (pàg. 138) Esperança, confiança que una cosa surti bé.

Antosta (pàgs. 26, 61) Envà, paret prima de l'interior d'un edifici.

Apotxonar-se (pàg. 135) Besar-se (deriv. de *potxó*, bes, petó).

Argenda (pàgs. 12, 37, 81, 82, 94) Conjunt de camps d'una mateixa família.

Bandolejar (pàg. 32) Córrer, jugar anant d'un lloc a un altre.

Barderal (pàg. 126) Foguera molt grossa.

Baürta (pàg. 143) Frondositat de plantes salvatges.

Brunaga (pàg. 38) Planta nociva, amb punxes, que creix en els sembrats («*Ononis campestris*»).

Bordegot/-ta (pàgs. 46, 49, 51, 89, 125, 138) Nen/-a. (Se sol emprar en sentit pejoratiu.)

Cabanera (pàg. 86) Camí ramader.

Carallada (pàgs. 16, 25, 42, 103) Fotesa, cosa de poca importància. Verb *carallear* (pàg. 138): passar el temps en carallades.

Coça (pàg. 12) Guitza. A la pàg. 69, fa referència al «lloc corresponent a la darrera mula, la qual en batre la palla sobre l'era, ha de donar més volta i córrer més».

Cogoma (pàg. 40) Bolet blanc de forma arrodonida («*Amanita alba*»).

Corbejar (pàg. 54) Realitzar treballs i feines físicament pesats, en els quals hom hagi de doblegar (corbar) l'esquena.

Escorronar-se (pàgs. 28, 59) Esllomar-se.

Esporret (pàg. 94) Anar vestit lleugerament, amb poca roba.

Esquerar-se (pàg. 14) Sortir del niu els ocells, quan ja poden viure sols sense els progenitors.

Feixanc (pàg. 36) Graó o bancal de terra en una penya, de difícil accés.
Ganyolar (pàg. 35) Udolar.
Mal-llevants (pàg. 60) Referència mítica al temporal de vent i fred de principis de primavera.
Mangala (pàg. 76) Gaiato.
Matxo (pàg. 12) Mul.
Mestrejar (pàg. 61) Fer paret.
Minairó (pàgs. 122, 146) Cadascun dels ésser fantàstics, remetuts però capaços de fer molta feina.
Nial (pàg. 90) Ponedor, lloc on les gallines ponen i coven.
Nomarrot (pàg. 28) Malnom.
Nyaupir (pàg. 35) Lladrar.
Orc/-a (pàgs. 63, 84) Estrany de caràcter, esquerp.
Orxegar (pàg. 151) Vomitar. (Se sol aplicar només als animals.)
Pallargues (pàg. 37) Persona alta i escardalenca.
Pigal (pàg. 28) Pedra arrodonida, generalment de grossària superior al puny.
Pinyoc (pàg. 67) Manyoc, grapat de cabells.
Prinyó (pàg. 78) Fruit de l'aranyó.
Sacarions (pàgs. 15, 78) Malediccions, blasfèmies.
Samugues (pàgs. 58, 109) Aparell de fusta en forma d'hac, que se subjecta sobre el bast per a transportar garbes, herba, llenya i similars.
Tampanejar (pàg. 117) Bastonejar, donar cops.
Telerada (pàgs. 15, 115, 121) Generació, conjunt de persones de la mateixa edat.
Tintilaina (pàgs. 42, 86) Arbust de l'espècie «*Rhus coriacia*».
Tinyol (pàg. 15) Llesca grossa de pa.
Volatam (pàgs. 27, 53) Volateria, aviram.
Xaramella (pàg. 82) Xiulet construït amb pela d'arbre.
Xinar (pàg. 46) Estirar els cabells.

D'aquestes expressions tan genuïnes, l'autor n'hi ha abocat a cabassades. Aclarim el significat d'aquelles que ens han semblat més locals i, doncs, desconegudes per molts lectors.

Locucions

A bocafoscant (pàg. 37) A posta de sol, quan es comença a fer fosc.

Tot gat i fura (pàg. 130) Tothom, totdéu.

Frases fetes

Afolcar-se com les ovelles del Tor d'Alós (pàg. 34) Precipitar-se (persones o animals) sobre un lloc.

Amassar amb força farina (pàg. 32) Nedar en l'abundància.

Amurriar-se (a algù) el cap (pàg. 35) Tenir rodaments de cap, sensacions de vertigen.

Anar a estudi a la Universitat d'Hortoneda (pàg. 64) (Expressió irònica per dir que hom és ignorant).

Anar a l'estudi de Porquilanyes (pàg. 32) (Expressió irònica aplicada a la canalla que no van mai a l'escola).

Anar a veure si ha caigut la mestressa a l'olla (pàg. 54) Anar a dinar o a sopar.

Baixar (o venir) de la Vall d'Aran (pàg. 121) No saber de què es tracta un assumpte, venir de l'hort.

Comptar fils i tatxes (pàg. 55) Tenir en compte tots els detalls.

Deixar-se (una xicota) arribar el ruc a les cols (pàg. 85) Deixar-se seduir.

Dormir més que el guix de Senterada (pàg. 53) Ésser molt dormilega.

Endinyar (o donar) mala martellada (pàg. 151) Donar una mala notícia, pronosticar un fet de conseqüències greus.

Ésser gran dia (pàgs. 42, 107, 125) Ésser ja tard, al matí.

Fer beure algú amb una orella de ruc (pàg. 12) Ensarronar, fer combregar amb rodes de molí.

Fer esquella (d'alguna cosa) (pàg. 13) Escampar una notícia, fer córrer la veu.

Fer ram (pàg. 73) Esporgar els olivers.

Fer tancar portes (pàg. 19) (S'aplica a la canalla que és molt trapella).

Has begut oli! (pàg. 146) No tens salvació, estàs perdut.

Mai tant! (pàg. 94) No pot ser! No exageris!

Menar (un camp) Sant Joan de l'Erm (pàg. 25) Trobar-se abandonat, erm.

No deixar (o quedar) ni astes vives (pàg. 47) Quedar tot destrossat després d'un accident o calamitat.

No ésser pas tota la por de la guineu (pàg. 144) (Expressió emprada quan hom confessa que té por).

No guanyar-se ni la sal de l'olla (pàg. 55) Treballar de bades, inútilment.

No mancar res més que ronya per gratar (pàg. 103) Tenir tot el que hom desitja.

No tenir-ne ni per l'introit (pàg. 34) No tenir-ne ni per començar.

No veure's ni en forat ni en finestra (pàg. 85) No aparèixer en part de món.

Partir-se un moll de nou (pàg. 64) Ésser molt amics, ésser carn i ungla.

Passar més fam que els gossos d'Escart (pàg. 75) Famejar, passar-la magra.

Semblar que hom s'ha vist el cul (pàg. 45) (Expressió aplicada quan algú esclafeix de riure sense més ni més).

Tenir la closca al cul (pàg. 16) Ésser molt petit encara.

Tenir set de moixó (pàg. 18) Tenir molt poca set.